COLLECTION FOLIO

Gilles Leroy

Grandir

Mercure de France

Gilles Leroy est né à Paris en 1958. Après des études de lettres, il exerce divers métiers puis devient journaliste. En 1996, il s'installe dans le Perche et se consacre à l'écriture.

« [...] felt like one who has cast the dice and must wait an eternity for them to stop. »

WILLIAM FAULKNER,
Adolescence.

Prologue à la robe bleue

J'entends d'abord la machinerie inquiétante, les câbles qui grincent, les pistons qui peinent, à bout de souffle, puis le plancher de la cabine apparaît, je vois ses chevilles fines sur les talons aiguilles, puis les jambes hautes qu'on dirait descendues des cintres dans ce vieil ascenseur à claire-voie d'un immeuble cossu. Je vois la cape de laine prune. Puis je vois sa tête brune, le visage baissé, les yeux dérobés, comme honteux. La porte à croisillons est dure, de ces portes grippées où l'on se coince méchamment les doigts, je me précipite pour aider à la replier. Je vois son regard traqué, je sens sa gorge oppressée. « C'était bien, ton film ? »

La voix est faiblarde, nouée.

« Très beau. Mais toi, ton rendez-vous ?

— Dépêchons-nous », dit-elle sans répondre à la question, et nous partons à l'assaut du temps, toujours trop court, avare et sans aménité, ma Nush trottant sur ses talons immenses comme d'autres en chaussures de course, doublant, de ses petites enjambées nerveuses sur les trottoirs des avenues du Maine puis du Général-Leclerc, les marcheurs les plus sportifs et les plus jeunes lancés à grande foulée. Bien vite, nous avons atteint la porte de Châtillon, ce qu'il en restait, disons, dans ce grand chantier interminable qui prenait toute la ceinture de Paris depuis la construction du boulevard périphérique et transformait les entrées de la ville en sables mouvants, en bourbier d'immondice. Certains abords semblaient promis à un bel inachèvement, telle cette lisière de Montrouge et de Malakoff, oubliée depuis des années, le même affreux et bordélique carrefour qu'on avait négligé de redessiner, livré du soir au matin à la furie des klaxons et des embouteillages, la même béance angoissante où les piétons tombaient chaque semaine de plus en plus nombreux, dégommés telles des quilles de bowling sous les roues des bagnoles et des bus, ce champ jamais déminé, donc, où je m'étais pas mal amusé, pourtant, à l'époque des culottes courtes et du cartable au dos, lorsque, à cloche-pied dans les flaques et la boue, j'inventais des marelles à mille étages et des romans bouclés en dix minutes. Voici que j'évitais les flaques, et, jouant l'éclaireur, le mâle galant, je précédais Nush sur les passerelles de planches, les buses de béton et les débris de palissades, lui tendant parfois une main, un bras pour l'aider à sauter la gadoue que les grosses averses de juin précipitaient en torrent dans les tranchées. D'ordinaire, ce parcours du combattant nous faisait rire autant que râler. Ce soir, aucune joie ne franchissait les lèvres.

La couturière avait une ancienne maison de bois en fond de cour, derrière une imprimerie dont j'aimais, en passant sous le porche, sentir l'odeur de machines, d'encre et de graisse, et, par-dessus tout, le parfum puissant du papier chaud — si proche de ceux du pain et de la frangipane montant du soupirail d'un boulanger. L'atelier était en rez-de-chaussée, un escalier extérieur montant à l'appartement de Manya, la jeune patronne yougoslave aux doigts d'or, disait ma Nush. C'était une femme blonde entre deux âges (je reproduis mon impression d'enfant : elle était à peine plus âgée qu'Anouk, ma Nush qui n'avait que la trentaine alors), arrivée en France à seize ans et installée presque aussitôt dans cet atelier sur le futur périph, où ses doigts artistes la firent connaître de tout le quartier et même au-delà. Telle que je la ressuscite, avec sa voix grave aux accents balkaniques, avec ses yeux d'amande bleu pâle, ses pommettes hautes et ses sourcils épilés en accents circonflexes, elle doit beaucoup à l'actrice Dietrich.

Manya avait un vice assez étrange — et dangereux — pour sa profession : elle fumait comme une loco. Pousser la porte de l'atelier, c'était, après avoir traversé le porche et l'odeur de pâte feuilletée des rames sous les presses, plonger dans le bain enivrant d'un nuage de tabac blond aux arômes de miel et de caramel, auxquels, le soir, venaient se mêler d'autres relents nettement boisés et végétaux, rappelant l'encens des églises, que je n'identifierais que plus tard (deux semaines plus tard, exactement, en fumant mon premier joint, sans pouvoir vérifier cette affirmation puisque je ne revis pas Manya de ce soir-là, et que je m'avance ainsi à témoigner bien légèrement sans autre foi que le souvenir d'un souvenir d'odeur), quelques gouttes, imaginé-je donc, d'une bonne huile de chanvre délicatement versées sur la cigarette américaine.

Clope au bec, elle circulait dans les méandres étroits et encombrés de l'atelier, se penchait sur les étoffes, sur l'épaule d'une ouvrière, ou s'agenouillait devant un ourlet sans jamais laisser tomber la moindre cendre sur un vêtement ou un bâti. C'était une virtuose du mégot : faute de trouver un cendrier, elle laissait les cigarettes se consumer jusqu'au bout, bien calées à une commissure de ses lèvres et rattrapant toujours *in fine* la chute du cylindre de cendre au creux de sa paume. Elle offrait des cigarettes à toutes les clientes, lesquelles acceptaient goulûment, comme Nush, ou refusaient avec embarras, de peur de déplaire ou de paraître idiotes en toussant.

Ce soir-là de la robe bleue — je parle du soir de l'ascenseur anxieux, de l'éprouvante cavalcade entre ce qui restait du vieux Montparnasse et ce qui restait de la porte de Châtillon —, le soir du dernier essayage, Nush montrait des exigences bizarres.

Je me souviens du premier rendez-vous auquel j'avais accompagné Nush à l'atelier. Je devais avoir dix, onze ans. Je sortais non pas du cinéma, mais de mon entraînement à la piscine Lutétia ; j'avais cavalé, cheveux mouillés, les pieds encore humides dans les chaussettes, pour attraper le bus 68 et la retrouver à l'heure, porte d'Orléans. Le chlore qui me rongeait les sinus et les yeux excitait mes allergies : un atelier de couture allait s'avérer pire, alors, qu'un bouillon de culture — un pandémonium où, entre deux volutes de cigarette, je respirais par pleines poignées les particules de laines et lainages. Le déroulement de la crise (ce qu'un instituteur avait appelé le « festival », comme si je m'étais donné là en spectacle) était presque immuable : j'éternuais, je me grattais la nuque, les clavicules, le cou, puis je toussais, je suffoquais, je virais au rouge, au pustuleux, au boursouflé, éventuellement je tombais dans les pommes, manifestation un peu extrême mais que j'implorais chaque fois, car l'évanouissement était signe que la crise avait atteint son paroxysme et que, lorsque je reviendrais à moi, groggy mais souriant, j'aurais de l'air plein les poumons et plus une cloque, ni même une trace de rougeur sur la surface du corps. Nush s'affolait : « Tu as touché de la laine ? Vous avez de la laine, ici ? », ce mot de laine scandé comme elle aurait dit des rats, de la merde, de l'arsenic, et la couturière soutenant que non, rien, pas le plus petit poil d'angora, Nush répétant comme pour m'excuser : « Il ne supporte pas la laine, ni shetland, ni mohair ni rien, quelques particules en suspension dans l'air, c'est la catastrophe, ça lui donne de l'emphysème et des éruptions cutanées... » (elle est comme ça avec les mots, petite faubourienne privée d'études, elle aime les beaux mots comme on aime la grande musique, avec recueillement, avec épate aussi, et souvent ce sont des termes médicaux : ecchymose pour bleu, érythème pour coup de soleil, etc), « ... tous les lainages à l'exception du cachemire, ajoutait-elle. Le cachemire, ça va, il n'est pas allergique. — Le cachemire ! Au moins, il a bon goût », a fait Manya en levant un pouce et en tétant plus fort le bout doré de son clope, avant de réaffirmer que, cachemire ou non, elle ne faisait pas dans la laine, ne travaillait que les plus fines soies, les meilleurs taffetas et les plus gras satins. J'étouffais, je sentais l'urticaire galoper sur mon torse, le cou enfler, les joues se bosseler. Aucune syncope ne viendrait me libérer, cette fois, et je me suis sauvé tandis que Nush, à poil dans une cabine et menacée par cent carquois d'épingles, me criait de rentrer à la maison.

Dans la cour, j'ai respiré l'air du soir, un soir de printemps et soir de grande chauffe à l'imprimerie Moderne. Je me suis approché des portes. L'odeur de pain chaud du papier m'apaisait. Une salve de longs frissons me secoua, je claquai des dents et de tout mon squelette vite réduit à un sac d'osselets — cette percussion délirante comme un autre signe possible que la crise s'achevait. Quelques minutes plus tard, j'étais assis sur un haut tabouret pivotant, dont on me dit qu'il appartenait au compositeur en chef, surplombant d'un entresol la soute des presses et des ouvriers en liquette. Ils m'aimaient bien, ou disons : ils aimèrent ma vénération de leur travail et le sens profond que je semblais lui trouver.

Parfois, les voix s'excitaient, s'apostrophaient rudement par-dessus le bruit des machines. La minute d'après, c'était un éclat de rire, puis deux, puis trois éclats de rire, et bientôt un océan déchaîné recouvrant tout, m'entraînant avec lui. Le calme revenait, les machines reprenaient leur pouvoir lancinant, presque silencieux à force de monotonie.

Les années qui suivirent, je ne ratai pas une visite à Manya. Soyons clair : je ne mettais plus un pied à son atelier. Je lâchais Nush sur le pas de la porte, puis filais dans la cour où j'attendais qu'un gars de l'imprimerie me fît signe d'entrer. Parfois, tel ou tel prenait le temps de m'expliquer son travail. Un soir, ils comprirent que ce n'était pas tant le fonctionnement du composteur ou de la presse qui m'intéressait que ce qui était sous presse, ces rangées de signes, précisément, et ces pages d'alignements. Ils me refilaient en douce les défets. Je repartais avec un Sartre, un Mauriac, un Troyat. Avec le gros *Docteur Jivago*, le non moins énorme mais beaucoup plus pesant *Vie de Mallarmé* d'Henri Mondor. C'est-à-dire : je prenais ce qu'on m'offrait, et l'époque ne croyait pas aux limites, même celles d'un enfant. Savoir lire, c'était pouvoir tout lire. (On est à l'époque des ouvriers qui vont à l'école du soir, oui, qui lisent le soir, lisent l'*Huma*, lisent des Série Noire, lisent des brûlots politiques ou même d'arides traités de sciences économiques et sociales.)

Ils se concertaient parfois sur un livre, hésitant à me donner un exemplaire gâché parce que l'écrivain ou le titre leur déplaisait, ou les inquiétait, comme ce fut le cas avec *Hiroshima mon amour*, une édition enrichie de photos du film. Prudents, ils attendirent que Nush vienne me chercher et donne son verdict. « Je me souviens du film, dit-elle. C'était... troublant. Je ne suis pas certaine d'avoir tout compris, mais ça vaut le coup d'être vu. » Et donc d'être lu, conclurent-ils en chœur, à treize ans comme à trente ou quarante.

Nush avait découpé l'illustration dans un magazine. Le modèle sortait de chez un grand couturier du moment. Manya détailla longuement la photo, hocha la tête, la montra à ses ouvrières tchèques et roumaines. Qui firent la moue : la robe était comaque, une sacrée pièce. La blonde tira sur son clope avec un grand « blop » puis lâcha : « Ce sera pas du gâteau, mon petit, surtout les incrustations de pierreries. Mais je me sens d'attaque. »

C'était une robe étroite du haut, largement décolletée, qui s'évasait sous la poitrine, « un peu genre Joséphine », expliqua Nush à la couturière qui doutait visiblement, le modèle faisant aussi bien songer à une tenue antique, façon Messaline ou Cléopâtre, avec son corsage drapé en soleil sur le plexus du même nom, immense voile bleu pâle, en somme, que seule retiendrait entre les seins (si l'atelier reproduisait bien l'illustration en couleur du magazine) une grosse agrafe en losange, un plastron serti de pierres fantaisie dans tous les bleus possibles — bleu nuit du lapis, saphir clair et saphir sombre, aigue-marine, et même d'autres pierres encore inconnues, qui n'existent peut-être que sur la Lune. Cette robe, cette quête bleue longuement méritée, c'est comme si nous l'avions bâtie, filée, écrite, devrais-je dire, tous trois, mon Nushi, Manya et moi. Car c'est un vrai feuilleton que la couture sur mesure, suspense des choix de tissus, des premiers bâtis, des essayages, des retouches, et le temps qui s'égrène, on le sait, on le sent, au fil des séances, des promesses et des engagements : la robe promise sera-t-elle prête à temps ? ira-t-on cul nu et loquedu à la noce du fils aîné de la cousine ? est-ce bien ça qui nous attend ? La honte devant les cousins de la cambrousse, ceux-là même qu'on voudrait honorer en se mettant en frais pour eux par de beaux habits — qu'on aimerait bien impressionner aussi, écraser, ratatiner, pauvres bouseux, armé des mêmes beaux habits ?

Voici qu'en cet étrange soir des dernières retouches, Nush demandait qu'on lui étrangle un peu plus la poitrine. Afin que je puisse admirer le travail, Manya et deux de ses ouvrières l'avaient accompagnée dans la cour. Les cousettes agenouillées, les lèvres pleines d'épingles, la cliente dressée au milieu, Manya debout en retrait considérant son œuvre, tout cela formait une scène à haute teneur picturale, comme ces tableaux représentant le peintre au travail avec ses modèles, tableau du tableau, donc, où Manya eût tenu le rôle du peintre et Nush celui de la pseudo-princesse, la courtisane barbare. « Mais je peux pas, mon chéri, dit Manya en lâchant le mètre ruban, je vais te couper le souffle si je serre plus.

— Pourquoi donc ? enchérissaient les petites mains. Pourquoi on vous écraserait la poitrine, notre jolie dame ?

— Il faut que la poitrine soit plate, insistait la jeune cliente, hagarde et têtue. C'est le principe. »

On commençait à la dévisager avec inquiétude.

« Le principe ? répéta Manya.

— La mode, je veux dire. Serrez encore.

— La mode ? Tu es bien sûre ?

— Oui. Archisûre. »

Sombres, si tendus, nous marchons côte à côte dans cette forme d'angoisse siamoise qui était la nôtre, qui surgissait aussi souvent que l'un de nous avait peur, qui demeura aussi longtemps que vécut ce *nous* — l'angoisse étant le revers enténébré d'une médaille dont l'avers solaire, nos heures d'euphorie à danser et rire à l'unisson, était tout aussi puissant.

Je crois entendre les battements de son cœur, je crois les sentir se répercuter dans mes veines, nous vibrons d'une même pulsation de bête affolée. Soudain l'air devient si épais, si rare, qu'elle inspire un grand coup et parle pour déchirer, du simple souffle de sa voix, l'épaisse ouate anxieuse qui a tout enveloppé, tout recouvert. « C'était quoi ton film ?

— Visconti. Magnifique.

— Celui qui a fait *La Strada* ?

— Non, ma Nush. *La Strada*, c'est Fellini.

— C'était si beau. Qu'est-ce que j'avais pleuré ! » dit-elle, souriant dans le vague et me regardant, car c'était un vieux truc entre nous : je me moquais d'elle qui jugeait la valeur des films aux larmes qu'elle y avait versées.

À peine ses paroles avaient-elles fini de résonner dans l'air doux de ce soir de juin qu'elle se figea deux pas plus loin, les lèvres mordues, le menton se mit à trembler et elle éclata en sanglots au milieu de la rue. Je cherchais un banc où l'asseoir, un bistrot où se replier, sans espoir : nous traversions le nouveau quartier en chantier, où le temps lui aussi se précipitait et semait une telle confusion d'engins, de trouées et de pans de murs plus ou moins consolidés qu'on ne faisait pas toujours la différence entre les immeubles en démolition et ceux en construction : haut dans le ciel, pivotant à grand-peine telles des girouettes ankylosées, grues et masses se disputaient la naissance et la mort, laissant très peu de place à cette parenthèse de vivre. J'épaulais Nush tant bien que mal, ses jambes se raffermirent sur les talons, la nuque se redressa, elle s'essuya les yeux en demandant si le rimmel avait coulé. Je mentis. Le rimmel et le khôl ne coulaient jamais assez selon moi, qui lui trouvais alors des airs d'actrice de noir et blanc.

« Qu'a dit le médecin ?

— Il paraissait embêté.

— Mais à toi, qu'a-t-il dit ?

— Qu'il était trop tôt pour s'inquiéter. »

Au fond d'une poche de mon k-way que je triturais nerveusement, mes doigts rencontrèrent soudain une matière molle, humide et tendre, sous un papier lui-même détrempé et chiffonné.

« Merde ! »

Nush m'adressa son regard noir des plus noirs. Quand enfin je parvins à extirper de ma poche le bouquet de violettes et le lui offris, il était si ramolli, si franchement foutu avec son air de salade cuite, qu'elle se mit à rire. Son rire charriait bien des détresses, mais c'était rire encore.

« C'est pour toi, mon Nushi. Ne pleure pas, ou bien pleure, au contraire, si tu en as besoin. Mes violettes sont nulles, mais tu auras une très belle robe pour le mariage. La mégarobe.

— Merci. Merci pour les violettes. Je les ferai tremper toute la nuit dans l'évier et tu verras, demain elles redresseront la tête, toutes fraîches, toutes parfumées.

Ayant dit, elle redressa la nuque, le menton, et fixa de son œil noir acéré l'horizon de l'avenue.

. . . .

Cours, mon trottin, cours, ma gazelle, cours, ma lionne, et vole, vole, mon étourneau, vole, mon piaf, vole, mon passereau, vole, mon rikiki à talons hauts aimé à en crever..., nage — nage ! ma crevette rose, nage, ma crevette grise, nage, mon baleineau, nage, ma raie mentor, et va, va par les égouts, va par les caniveaux, va puis relève-toi, mince et merveilleux mustang, lève-toi, ma splendeur, mon écumante, mon encensée d'amour, mon inoubliable trotteuse — va sans te retourner

... cours, mon trottin, cours, mon moineau, cours, mon lopin de mère, va vite, un bouquet de violettes fiché au creux des seins. Ce bouquet de violettes que j'avais chipé chez le marchand du métro Denfert, si facile à empaumer, si minuscule qu'il glissa tout seul dans ma poche : un bouquet de violettes, de presque rien, juste un peu de parfum à presser sur son cœur en attendant des jours meilleurs, mais le marchand m'a vu, j'ai vu qu'il me voyait, il m'a interrogé du regard, puis a baissé ses yeux tristes de vieux marchand de fleurs tunisien privé d'épouse, privé d'enfants, peut-être a-t-il songé alors à l'un de ses jeunes fils qui, là-bas, à Hammamet, Nabeul ou La Marsa, serait en train de voler un colifichet dans un souk pour l'offrir en cadeau à sa maman — l'épouse sacrifiée d'un marchand de fleurs plus tout jeune, établi depuis tant de temps dans les couloirs de la station Denfert-Rochereau que je croyais l'avoir toujours vu là, dès mes premiers pas, à cette croisée de la ligne 4 et du récent RER B qu'on continuait d'appeler la ligne de Sceaux.

L'hiver, parfois, il vendait des colliers de jasmin. Nush en prenait un, le frottait à son nez, peut-être retrouvait-elle des visions de médina, de ce temps de l'adolescence où elle partait en vacances à Tunis, puis le passait autour de son cou ; le marchand disait : « Tu es si belle, si belle », on sentait qu'il voulait dire plus, aller plus avant, parler de sa femme, ses filles peut-être (Nush avait l'âge d'être sa fille), mais il se renfrognait, il reculait sur son fond de mur carrelé de blanc.

Je ne sais si c'est l'exiguïté des lieux où elle a vécu le plus clair de son temps — la masure noire de l'enfance, puis sa mansarde de jeune femme — ou s'il s'agit d'un choix, d'une réticence personnelle : peu d'objets entouraient Nush, les bibelots étaient bannis ainsi que toute forme décorative dépourvue de fonction. Un objet, pourtant, ne la quitta jamais : c'était au chevet de son lit un vase minuscule, un gobelet de cristal facetté, posé sur un petit pied de bronze ou de métal doré. Taille et matières semblaient bien affectées pour un verre à dents — précisément le genre d'objet qui appelle la question : à quoi ça sert ? Nush y mettait ses bouquets de violettes.

Ce vase est brisé depuis longtemps — disons : du jour où elle est partie, où elle ne fut plus là pour le fleurir et lui donner sa raison d'être. Voilà six mois environ, j'eus la surprise de le retrouver en photo dans un luxueux catalogue. Il y figurait sous la désignation de « vase à violettes ».

Je la retrouvais bien là, ma jolie diseuse, qui fut le premier dictionnaire et premier mode d'emploi. Cette manie de l'exactitude, du mot pour chaque chose, de la raison à chaque chose, toujours. Ce désir que tout coïncide, langage et objet. Je n'ai jamais su si le vase avait précédé les violettes, ou les violettes le vase. Ils étaient là.

Noces de Franck Vitti

Se la rappeler, elle, la jeune femme des faubourgs qui se mettait en frais pour des noces — du court en journée et, pour le soir, du long, telle une dame du monde —, qui volait sur ses talons aiguilles avec l'aisance d'une danseuse de claquettes comme si la vie, vraiment, était une comédie musicale américaine, c'est inévitablement le convoquer, lui, le jeune homme des mêmes faubourgs qui voyait les choses plutôt sous l'angle du western ou d'une éternelle poursuite automobile, lui dont les bras m'avaient longtemps hissé à la taille d'un géant et qui, à l'occasion de cette même noce, me conduisit chez son tailleur de l'avenue Franklin-Roosevelt pour m'y faire confectionner mon premier costume. J'aimais ça, j'aimais leur apparat, leur jeu de représentation. J'aimais leurs corps, le groupe idéal que nous formions tous trois sur les photographies — ce marbre si vite déboulonné, fracassé, pulvérisé.

Pour nous — notre trinité —, deux paysages seulement étaient au monde : la ville et la mer. Les champs ? c'étaient les ploucs, c'étaient le tas de fumier, les engrais chimiques, les vapeurs fermentées de l'ensilage et du lisier, le gasoil et le sang jaillissant de la gorge du cochon, odeurs extrêmes qui collent au palais comme à la mémoire.

Nous, les citadins, tellement pétris, tellement nourris de ville et comme accouchés d'elle, nos corps tout en jambes semblaient modelés par et pour ses trottoirs avec nos mollets hauts et galbés, nos culs fermes à force de monter et descendre six étages à pied, nos bras graciles, aussi, de travailleurs de peu de force, nos épaules étroites, nos attaches fines, nos peaux délicates abritées du vent et du soleil et du grand gel, nous, donc, arpenteurs de pavé, nicheurs de mansardes, j'ai du mal à nous resituer chez ces cousins de campagne, aussi lointains dans le degré de parenté, d'ailleurs, qu'ils l'étaient des lumières de la ville, au fond de leur trou fangeux. Même aujourd'hui, je dois longtemps réfléchir, raisonner et calculer pour m'aventurer à dire qui aurait été cousin de qui, à quelle époque de quel siècle, à quel embranchement de l'arbre. Je sais qu'ils appartenaient à la famille du jardinier Gabriel Rosa, le père de Nush, mon grand-père, donc, mort en 1940 à vingt-quatre ans. Certains d'entre eux avaient comme lui les yeux verts — l'iris vert telle une signature, une marque de fabrique.

À cause de son prénom, j'avais imaginé la cousine Inès sous les traits altiers de quelque fille naturelle d'un grand d'Espagne, bâtarde mais belle à faire se damner tous les princes de Castille, de Galice et d'ailleurs — de ces favorites qu'on épouse dans le secret, loin des raisons d'État et des alliances de royaumes ; j'imaginais des rivalités de cour, une Infante bafouée valant mille fois son pesant d'or inca qui eût poursuivi de sa haine l'épouse morganatique ; je voyais des intrigues, des complots sous la lune, des poisons et des dagues cachés sous les jupes des ménines. En fait de femme fatale, la cousine se rangeait plutôt parmi les ménines. Un « physique ingrat » : c'était la litote consacrée pour décrire Inès, la taille ramassée, les traits durs et renfrognés, toute maigre, toute sèche, le bréchet saillant. Même ses cheveux étaient vilains et clairsemés quand ses frères, les jumeaux Samuel et Jacob, avaient bien de la peine à dompter leur merveilleuse tignasse noir de jais. Il lui restait le vert, le fameux vert des yeux, mais comment le discerner sous les paupières triples, derrière ses gros hublots de myope ? « Un crime », disait Nush, une injustice criante dès qu'on songeait à la beauté des jumeaux ses frères. Bien sûr, ma pharaonne exagérait cette beauté : les jumeaux étaient petits, très petits même, râblés avec quelque chose de poupin dans les traits qui devint dérisoire avec le temps — si j'en parle au pluriel, alors que, des deux, j'ai seulement connu Samy, c'est par déduction, bien sûr. Ce que pensait Nush, c'est qu'un certain standard familial s'était dessiné au gré des unions, qui aurait pu se résumer à une autre expression : avoir du chien. Dans cette famille, on était racé et l'on avait du chien. La race du chien, je l'ignorais. Mais il avait la robe plutôt noire. Elle, Inès, on ne pouvait pas dire qu'elle avait du chien, ou alors du caniche nain. Elle n'avait jamais aimé (et vraisemblablement connu) qu'un homme, son Mimmo Vitti, l'immigré des Pouilles, le type le plus gentil de la création, disait-on, avec son air de chat éclopé et son regard battu, même si, parfois, cette gentillesse semblait recouvrir jusqu'à le masquer un défaut d'adhérence au monde ou une faiblesse de caractère — paresse, lâcheté, obscurantisme.

Et c'est chez eux qu'on allait, à la sortie de ce gros bourg bovarien, dans une baraque éternellement déglinguée, cernée par les betteraves et les maïs.

Ils avaient surgi tard dans notre existence, à une période où le play-boy (comme nous l'appelions en secret, Nush et moi, pour moquer gentiment sa coquetterie excessive et son goût des voitures, mais la traduction littérale en dit beaucoup plus long, je m'en aperçois aujourd'hui, sur ce jeune époux, ce père prodigue qui avait deux passions : l'Amérique et le jeu, qu'il put assouvir sans vergogne en faisant carrière dans les jeux automatiques, toutes machines et consoles qu'il allait chercher aux États-Unis, précisément), le play-boy, donc, jamais en retard d'une mode, voulut comme tout Parisien se faire chasseur les week-ends, s'en fut avenue Montaigne acheter un fusil avec un joli carnier en cuir, puis, traversant le rond-point des Champs-Élysées, trouva chez son tailleur libanais la veste en daim, le gilet de laine et cuir et le pantalon de velours qui allaient le rendre ridicule auprès d'une bande de ces ploucs assez gentils pour l'accueillir gratis dans leur chasse déjà bondée.

Car il fallut bien s'enquérir d'une chasse pour aller avec la panoplie. Nush se rappela alors cette cousine perdue de vue, comme elle disait, et jamais aimée de très près, pour dire la vérité, dont le mari italien, pour ce qu'elle en avait connu au moment de leurs fiançailles, avait la réputation d'être un grand fusil.

Le passé commun des deux cousines n'était pas de ceux que l'on souhaite forcément réveiller ou revivre : c'étaient souvenirs d'enfance et de guerre, à l'époque de l'Occupation où Nush fut envoyée chez eux (ces petzouilles, disait-elle, des paysans, bien qu'ils fussent tous ouvriers), où elle serait mieux nourrie qu'à Paris, où elle serait protégée aussi, croyaient sa mère et sa grand-mère. À la campagne, disaient ces femmes effrayées — respectivement la veuve et la mère du jardinier aux yeux verts —, dans les champs, on trouvait toujours de quoi manger. Du grain, de la volaille. De la patate, du gibier.

J'ignore quel drame s'est passé dans ces presque quatre années d'exil, quelle humiliation ou, plus simplement, quel mal du pays la gamine des faubourgs endura : elle n'avait pas assez de traits assassins et de sarcasmes pour dire sa vie là-bas. Cela resurgissait parfois devant des corps rassis qu'elle peinait à reconnaître, lorsque ceux-ci la réclamaient et que, au moment de serrer une main ou de baiser une joue, tout son corps refluait, reculait, ruait. Je la voyais inspirer très fort, fermer les yeux, puis tendre deux phalanges, un coin de lèvre. Héroïque.

Pauvre play-boy, tombé sur bien plus têtu que lui : non, on ne l'accompagnerait pas chaque week-end à la chasse sous prétexte qu'on aurait pu y papoter avec la cousine et prendre des bols d'air. Ni air, ni soupe (j'eus cette chance, enfant, d'une mère qui avait tant vomi les soupes infligées que, même par sacrifice, même si ça faisait grandir les enfants et les aidait à pisser au lit, jamais de sa vie on ne la surprendrait à touiller poireaux et patates au fond d'un faitout. Plutôt crever).

Le play-boy promit d'être autonome. Hélas! après deux week-ends passés seul au coin du poêle chez les Vitti, quand il connut l'ennui de ces soirées percluses après les cavalcades du jour, une fois qu'on a fini de gambader en forêt, de crapahuter dans les maïs à la recherche de Bunny ou de Bambi, le chasseur débutant appela femme et enfant à ses côtés. « Plombants! gémissait-il avec son sens de l'à-propos et de l'ellipse, ils sont à crever d'ennui. » Nush considérait, ses yeux noirs écarquillés, la volaille à riche plumage multicolore qui était tombée du ciel sur son rebord d'évier, songeant que ça ferait un joli chapeau, de jolies aigrettes, un boa, peut-être, puis, sans répondre au play-boy, elle souleva du bout d'un ongle long et verni la tête ensanglantée du faisan et murmura : « Je ne viderai pas ça.

— C'est comme un poulet, susurra le chasseur.

— Qui a dit que je vidais les poulets?

— M'enfin, Nushka, je te l'ai vue faire des tas de fois.

— Tu dois confondre avec une autre.

— Une autre?... »

Le play-boy éclata de rire, enlaça son épouse réfractaire, puis il pluma le poulet à chapeau (je voyais bien, moi, comment en faire une coiffe de chef sioux), le vida en prenant garde de localiser la poche de fiel ainsi que les plombs casse-dents. Enfin, il mit un petit-suisse dans le cul du faisan et le tendit à Nush, tel son trophée. Au dîner, il revint à la charge. Il supplia, promit de plumer, de dépecer et de vider lui-même tout ce qu'il tuerait, promit peut-être autre chose aussi, qui m'échappa, dut faire dès le lendemain un beau cadeau, et c'est ainsi que j'en pris pour plusieurs automnes et hivers de pénitence à Rueil. Intégralement : Rueil-la-Glorieuse.

Le nom même nous pliait de rire, Nush et moi — si outrancier, si laid à l'oreille, sentant la grandeur d'âme du canon et la fosse à purin. Glorieux ! ce bled, glorieux ! ces pécores. Glorieux, ces ciels qui ne savent que pleuvoir ou neiger ? Glorieux, ce fleuve glauque et sournois avec son record de noyés ?

Inès et Mimmo se quittaient rarement plus d'une heure. Non seulement ils dormaient ensemble, faisaient des enfants ensemble, prenaient leur café du matin et leur dîner ensemble, mais, privilège inestimable : ils se côtoyaient tout le jour, se retrouvaient pour la collation de dix heures puis pour le déjeuner de douze ou treize heures, selon qu'ils avaient choisi le premier ou le second service à la cantine (ce grand réfectoire avalant chaque jour deux mille ouvriers, sorte d'abyme, donc, usine dans l'usine que, par un souci de chic ou de paix sociale, les patrons appelaient « restaurant d'entreprise »). Car les époux étaient tous deux employés à la verrerie de Rueil, la seule usine à des dizaines de kilomètres à la ronde.

On n'y faisait pas les trois-huit de façon officielle, mais souvent les commandes urgentes obligeaient à rester tard dans la nuit. Pour les heures sup, celles de nuit et de jours fériés, Mimmo était champion. Il n'avait plus de joues — les cernes occupaient la place ! Son nez paraissait immense dans ce grand vide du visage. Il boitillait et son sternum était salement enfoncé depuis qu'il était tombé du faîtage de son toit, et, se raccrochant dans sa chute à un garde-corps de misère, avait fait tomber tout l'échafaud sur lui. Car Mimmo, ouvrier verrier la semaine, se faisait maçon les week-ends pour construire sa maison — leur foyer à eux, Inès, les gosses et lui.

L'accident l'avait rendu insomniaque, non tant à cause de la douleur, à laquelle il s'était presque habitué, qu'à cause des tracas de l'assurance : on lui refusait la pension d'invalidité. De cette baraque je ne revois plus les pièces, à vrai dire, leur emplacement ni leur succession. Je ressens l'odeur qui me fascinait : l'odeur du béton armé, si singulière, sèche et grasse à la fois, odeur de talc et de ferraille chauffée, de farine et de rouille, d'huile de lin et de grenaille. Un peu de sueur parfois s'y mêle, relents discrets de pieds, d'aisselles et de savon de Marseille.

Et c'est là-bas qu'on allait, dans ce trou perdu ravitaillé par les corbeaux où d'affreux gnomes, non moins perdus, allaient se draper du nom de famille et me donner des noms stupides, me chercher des traits hérités en partage, notre patrimoine commun, prétendaient-ils, la belle affaire, merci pour le cadeau, je me disais, et ils finiraient toujours par me trouver des symptômes d'hérédité hyper humiliants, des analogies de sang répugnantes. (La seule idée d'une communauté avec eux me figeait sur place et me gelait la langue. Bien qu'il m'ait toujours jugé trop émotif, le play-boy avait avec moi certaines intuitions — certains traits partagés, oui —, et me lançait dans ces moments de panique un clin d'œil protecteur : j'avais forcément pris de lui, insinuait le coup d'œil, et c'était censé me rassurer.)

Et si Nush elle-même se perdait dans les subtiles ramifications de cette famille amphigène, au point qu'elle doutait, hésitait parfois, bafouillait devant quelque fausse tante ou faux oncle qui lui sautait au cou comme une vieille médaille, qu'espérer de moi ? Non seulement je ne les reconnaissais pas, mais je ne me reconnaissais pas en eux. C'étaient d'absolus étrangers. Des corps, des têtes qu'on croise dans les rayons des supermarchés. Des ectoplasmes sociaux. L'un d'eux se souviendrait forcément de moi dans un landau ou une poussette, dirait s'être penché sur moi trente secondes, alors, quatorze ans plus tôt, s'attendant à quoi ? Que je reconnaisse son haleine ?

Pour Nush, ce n'était pas seulement cette campagne de Rueil-la-Glorieuse qu'elle redoutait, c'étaient toutes les campagnes, tout ce qui n'est pas pavé, pas bitumé, pas éclairé le soir, tout ce qui n'a pas de bus, de métro, de bouches de chauffage où l'on s'amuse à passer très vite (gare aux talons aiguilles qui se coincent dans la grille) juste pour sentir gonfler la jupe, laisser l'air la soulever à mi-cuisses puis la rabattre à temps, et on rit, et les garçons applaudissent, les garçons sont troublants, leur voix fait frissonner, ils vont en bande jouer au foot dans les terrains vagues des fortifs, puis ils reviennent en nage, assoiffés, affamés, vers les cafés de l'avenue d'Orléans, ils se mettent en terrasse et là ils haranguent les filles, les filles qui vont par deux, deux jupes qui virevoltent, quatre talons qui cliquent, deux dos-nus innocents qui se retournent et tirent la langue, la campagne comme cette chose aussi où les troquets n'ont pas de terrasse, où les garçons ne sont pas plaisants, ont les mains vilaines, endeuillées et râpeuses, où l'on ne peut pas jouer sur la vespa à faire le manège autour des ronds-points, où l'on n'a pas même pour s'étourdir un carrousel de chevaux et d'avions, la campagne enfin pour ce qu'elle est : une chose noire, malodorante, humide l'hiver, étouffante l'été, un bestiaire de la mort où le loup rôde, où le chien enragé clabaude, où les vipères forment des nœuds sous chaque fougère, sous chaque brindille, où les corbeaux en longues bandes vous guettent du haut des fils et des pylônes pour vous crever les yeux.

Je vois bien ce que ce mépris de la terre a de paradoxal pour ma mère qui ne cessa de chanter le péan de son jardinier de père, ce jeune inconnu aux yeux verts brûlé vif dans un char d'assaut, au vert d'une pommeraie normande. Jardiner n'est pas labourer : avec son nom prédestiné de Rosa, il n'était pas un cul-terreux comme un autre mais répondait au titre très officiel de Jardinier de la Ville de Paris, et la fierté naissait sans doute, pour ma mère, pour l'urbaine famille, de se trouver ainsi rattachées au sol de la ville, liées à son destin. Dit autrement : Gabriel était si amoureux de sa ville qu'il voulait la couvrir de fleurs.

Quant au play-boy, je crois que la campagne n'était pour lui qu'un distributeur automatique de gibier, un immense ball-trap où ses rêves de gâchette prenaient corps — corps de Steve Mac Queen, de Paul Newman et de Clint Eastwood, ses semblables, ses sosies, ses presque jumeaux aux dires des femmes —, rêves assouvis enfin, rival asservi enfin, que l'on pourrait croire détruit par la mise à mort. La chasse ? Ils vidaient les bêtes en laissant des paquets d'entrailles au bord des routes. Les oiseaux charognards venaient. Puis les mouches. Puis la vermine. Des chats venaient. Des chiens venaient. Tous mouraient, empoisonnés. Ça faisait de nouveaux cadavres, de nouvelles charognes. Un équarrisseur ratissait les bas-côtés : je me souviens que ses camions approvisionnaient les laboratoires d'une célèbre marque de cosmétiques à consonance américaine ou anglaise.

Lugubre serait, je crois, l'épithète pour campagne. Le vocable définitif.

J'ignorais, alors, comment les cousins Vitti nous voyaient en retour. Leur mépris égalait-il le nôtre ? Que voyaient-ils de nous : une trinité de snobards parisiens, frimeurs et sans vraiment le sou ? Sans doute vivaient-ils plus à l'aise, plus raisonnablement que nous, dans leur bon gros bourg apathique, en route vers la propriété, eux, même si l'ancien corps de ferme acheté à crédit, en perpétuelles rénovation et extension, donnait l'impression qu'ils habitaient une décharge à gravats — tandis que nous, on continuait de louer ce petit meublé sous les toits, à la porte de Montrouge ? On arrivait dans la dernière DS métallisée or ou argent. Le monde de Rueil, voisins et collègues d'usine, n'avait d'yeux et de mots que pour la DS. Le play-boy s'amusait, se laissait draguer par les femmes et les hommes.

Nush et moi, on reculait dans le lointain. Déjà, aimer se chuchotait. Déjà, souffrir s'étouffait.

On avait déjeuné sur le pouce de canapés et de sandwiches, « pour ne pas s'alourdir », avaient décrété les cousines en beurrant et tartinant à tout-va dans la petite cuisine de formica, leurs bigoudis multicolores bien quadrillés sous la voilette. En attente d'un nouveau vernis, leurs ongles avaient été taillés, limés et décapés, ce qui se sentait avant de se voir : jetés à la poubelle de la cuisine, des cotons imbibés de dissolvant répandaient dans la pièce une nappe d'acétone ou d'on ne sait quel autre poison volatil (éther ? térébenthine ?), qui faisait mauvais ménage avec l'odeur poissonneuse des jolis œufs de lump rouges ou noirs, des œufs de saumon et du beurre d'anchois. Les hommes boudaient, protestant que le frugal en-cas leur laissait un trou à l'estomac, et se vengeaient, un peu étourdiment, de l'avis de la cousine Inès, sur le rosé ou le pastis. « Attendez donc ce soir », râlait la mère du marié, anxieuse. Nush haussait les épaules, comme lasse de ressasser la question, puis tendit à la cousine, afin de tenir le coup, une pastille de vitamine C ainsi qu'un de ces merveilleux comprimés dont elle abusait, qu'elle appelait remontants ou antifatigue, et dont elle refusa toujours d'apprendre le vrai nom d'amphétamines, comme elle nia qu'elle se défonçait avec et qu'elle en était devenue dépendante. Tout juste admit-elle, des années après qu'elle eut cessé d'en prendre, que c'était des coupe-faim. Et comme elle n'avait jamais grossi de sa vie, qu'un kilo pris se reperdait le lendemain, la prescription de ces amphés me fait aujourd'hui douter de la probité de notre docteur. Mais c'était une autre époque, moins puritaine, moins hygiéniste, il est vrai : un brave et vieux médecin de famille pouvait dealer la came des laboratoires à l'abri des poursuites.

« Quel cortège ça va faire, dit fièrement Inès, quelle procession quand toutes les voitures s'ébranleront et traverseront la ville. A-t-on bien mis les tulles ? Il faut en accrocher aux poignées, à l'antenne radio et aussi mettre un nœud rose à la calandre.

— On a des maris pour ça. J'imagine qu'ils s'en occupent. »

Inès fit la moue : les hommes, le tulle..., elle voyait comme une contradiction dans les termes.

... Hommes de la noce, donc, dehors, sur le bas-côté de la route qui avec l'arrivée des premiers intimes (= pas moins de trente beaux-frères, belles-sœurs, beaux-cousins et belles-cousines) s'est transformé en un long parking, commando d'hommes aux grosses mains brutes évidant de longs rouleaux de tulle blanc et rose, empêtrés, emberlificotés et pris au piège du tissu, râlant, riant, coupant, nouant, tournant avec envie, avec colère aussi, autour de la Mercedes toute neuve du play-boy : « Qu'as-tu fait de la DS ? » demanda le premier. « On comptait sur la DS pour conduire la mariée », fit Mimmo. « Et tu nous lâches pour une boche, une fridoline, une merde SS ? Ah ! ah ! ah ! » se gondola un bel esprit. (Je hais les calembours. Faut-il colporter les calembours ? Faut-il les censurer ?)

Le play-boy avait le tempérament susceptible : « Elle est décapotable, bande de nouilles ! Avez-vous déjà vu plus joli, plus grandiose, qu'une mariée dans une décapotable, voile au vent ? » Hommes de la noce : « Sûr qu'il n'a pas tort. La mariée à l'arrière sur des coussins de lys..., le voile mousseux qui se soulèvera quand tous les chevaux mettront la gomme..., ç'aura de l'allure. Sûr. »

Enfin, on était partis à l'église en cortège bruyant et dans un grand chahut d'odeurs, encore, où les laques et lotions capillaires le disputaient aux eaux de toilette trop nombreuses et, malgré les déodorants, aux premières évaporations d'une sueur naissante — l'angoisse, l'émotion, le trac du grand événement.

On n'entendait que lui dans la nef, son gros nez renifleur. Tout chose, Mimmo Vitti essuyait ses paupières rougies dans le kleenex que sa femme, précautionneuse, avait glissé dans son veston avant de partir pour l'église, puis, quand il eut séché ses larmes, il se moucha à faire vibrer les vitraux.

Qu'est-ce qui le bouleversait le plus, Mimmo ? La vue de son fils planté devant l'autel, un peu raide, après qu'Inès, la mère, lui eut tenu le bras jusqu'au prie-Dieu ? Ou bien cet énorme bouquet trônant au pied de l'autel, si large et si haut que c'est à peine si l'on distinguait, à l'arrière, les surplis des enfants de chœur et la chasuble du curé ?

Dans la gerbe sont disposés des lys de la Madone, des pivoines blanches flammées de rouge, des arums et de virginales tubéreuses dont le parfum capiteux grandit et diffuse jusqu'aux rangs les plus reculés de la nef.

C'est l'héritière qui a fait envoyer le bouquet, la grande patronne de la verrerie. Tout le monde a arrondi la bouche en le découvrant au pied de l'autel (on le voyait de très loin, dès les portes de l'église) tandis que Mimmo, cramoisi, détachait la carte agrafée au bouquet et lisait à la cantonade le mot de félicitations. Tout le monde a fait « Oh ! ». On disait : « C'est tout de même très chic de sa part », ou bien : « L'intention est là, c'est ce qui compte », ou bien encore : « C'est une fille bien, une future grande patronne. » Certains, les mauvais coucheurs, raillaient : « Pour ce que ça lui coûte, une fois qu'elle aura passé la note du fleuriste en frais ! », ou persiflaient : « Sûr que Mimmo n'est pas un grand agitateur », ou franchement accusaient : « Un lèche-cul, oui ! », ou bien encore étaient jaloux jusqu'au paradoxe : « C'est pas parce que ça a coûté cher qu'il faut trouver ça beau. »

Et si je dis cette aigreur paradoxale, c'est que la plupart des gens, ici, et avant eux leurs parents, leurs aïeux, tous leurs ancêtres depuis maintenant trois siècles, passaient ou avaient passé leur vie à produire de ces belles choses qui coûtent cher. Oui, il y avait quelque chose de glorieux à Rueil, et c'était la Manufacture des Verres et Cristaux, une enseigne connue du monde entier. Ainsi, ce nom auquel ma mémoire prête des sonorités de grisaille, de cafard et de misère, je sais qu'il revêt à la plupart des oreilles — celles du monde entier — des couleurs de vitrail, des transparences irisées et des sons cristallins. Qu'à lui seul il fait resurgir, du fond des grottes et des cavernes, un vieil atavisme, une passion multimillénaire pour ce qui brille, miroite, étincelle et reflète mieux que l'eau de roche.

Installée en lisière de forêt, dans un méandre du fleuve, la manufacture était un vaste et haut bâtiment de brique rouge sang qu'entouraient, tels les bateaux pilotes escortant un paquebot, des répliques miniatures levées dans la même brique rouge — garages, entrepôts, réfectoires. Et l'on aurait dit en effet, à cause des cheminées géantes fumant jour et nuit, un vaisseau échoué que le fleuve eût charrié là par un mystérieux déluge. Un pont de bois enjambait l'anse du fleuve et menait à la cité ouvrière, une douzaine de rues bordées de petites maisons à ménage unique, la même boîte à chaussures répétée à l'infini, qui, en fait de maison, contenait deux pièces, l'une au rez-de-chaussée, l'autre à l'étage, où l'on tenait à peine debout. C'est un lointain propriétaire de la verrerie, sans rapport avec la dynastie actuelle, qui avait eu cette lubie de loger les ouvriers — une idée très en vogue dans son siècle à lui. De nombreux ouvriers firent l'erreur de croire, y étant nés, y ayant enfanté et vécu toute une existence de labeur, que ces maisons, sans leur appartenir par un acte de papier (ils n'étaient pas assez ignorants ni idiots), les abriteraient jusqu'à la mort, et leurs enfants après eux, ainsi pour les générations des générations. Les Vitti s'étaient donné cette chance : Mimmo ayant appris la maçonnerie auprès de son père, le couple économisa un peu, s'endetta beaucoup et quitta la cité ouvrière pour cette fermette en ruine aux portes du bourg. C'était juste avant la venue de Frédéric, leur second enfant.

Mimmo se mouchait, donc ; le parfum des lys et des tubéreuses virait au poison délicieux, quand je la vis, elle, de l'autre côté de la travée, deux bancs plus bas, devant un pilier à la blancheur de chaux dont elle se détachait avec éclat, elle ou plutôt : sa longue chevelure brune et bouclée, ses épaules et ses bras nus à la peau dorée dont on croyait sentir à distance la chaleur, comme irradiant d'une longue provision de soleil engrangée sur un autre hémisphère. Dans la soie de ses cheveux, l'or de sa peau et sa longue robe ocre et rose, elle évoquait un tableau, l'image de quelque muse préraphaélite ou d'un Moreau, d'un Klimt. Ayant peut-être senti mon regard, elle se retourna, me rendit une œillade acérée, mi-moqueuse mi-curieuse, et me fit un signe de la main qui pouvait être un salut aussi bien qu'une invitation à mater ailleurs. Son nez m'étonna, un nez... comment dire ? un peu fort, un peu long, un nez bourbonien cadrant mal avec le reste de sa personne — un léger embu pour mieux souligner l'exception du regard vert et or, le dessin ourlé des lèvres, et cette peau, toujours, ce teint d'abricot, de mangue. Au motif oriental de la robe s'accordaient les multiples anneaux qu'elle portait, empilés à ses phalanges ou percés à ses oreilles. Le préraphaélite avait fait le voyage d'Alger, de Damas et de Ceylan.

Nush surprit cet échange, colla ses lèvres à mon oreille droite, soufflant : « Roxane. Une cousine. Elle a dix-neuf ans, un peu trop pour toi. » Je regardai ma mère, interloqué, et je la vis qui elle-même s'amusait, radieuse de se moquer ainsi, de jouer pour moi l'entremetteuse. « C'est la fille du jumeau Samuel. — Le jumeau ? » ânonnai-je avec dédain, saisi d'ennui à l'idée d'obtenir une réponse, puis, me forçant avec un gros soupir : « Jumeau de qui ? Quels jumeaux ? » Nush s'assombrit, les yeux se noyèrent d'une grosse larme dangereuse pour les fards — une larme comme une loupe pour lire dans le cœur de ma mère.

Derrière, une bande de zozos chahutait et pouffait de rire pour un rien. « Au nom du père, du fils et du Saint-Esprit », psalmodiait le curé ; « Amen ! » bourdonnaient en chœur les ouailles, et, à peine l'essaim s'était tu, les zozos grognaient, assez fort pour être entendus, ce vieux calembour d'un vieux monde ouvrier matérialiste et bouffeur de curé :

Amène...
Amène ta paye
Ta paye avec la mienne
ça fera une bonne quinzaine.

Certains protestaient à voix basse ou leur faisaient les gros yeux. Je me retournai à mon tour : en fait d'enfants, de potaches, les trois hommes avaient passé la vingtaine depuis longtemps.

On aurait dit que la nef s'était fendue en deux tels les flots de carton-pâte, dans le film, aux pieds de Charlton Heston et devant tout le peuple hébreu. D'un côté, la très sérieuse famille de la mariée marmottait ses prières et se signait à tout-va ; de l'autre, le clan des cousins Rosa, comme soudé enfin, se retrouvait dans l'ignorance du rite catholique et son mépris à peine voilé de la chose religieuse en général.

Le si gros bouquet de la grande patronne, personne ne le récupéra après la messe. Mimmo avait bien tenté le coup mais, à l'instant même où il se penchait sur la gerbe et ouvrait les bras pour s'en saisir, le père de la mariée l'avait retenu : « Vous n'y songez pas ! avait dit le bonhomme à tête d'enterrement. Ces fleurs sont pour l'église. Nous les offrons à l'église, pour décorer l'autel. » Sur le chemin du retour, Inès se rongeait l'intérieur des joues et se reprochait leur manque d'autorité, à Mimmo et elle : en quoi le curé et le sacristain méritaient-ils un tel cadeau ? Qui en jouirait un peu ? Qui, mieux qu'elle, était placé pour en jouir ? Quand reverrait-elle pareille débauche de fleurs et de parfums ? Qui un jour lui offrirait un tel cadeau ? Qui fleurirait son salon ? Quel amant millionnaire ? Lequel des deux fils faisant par miracle fortune ? Quand donc aurait-elle un salon, un vrai avec le papier peint, la moquette woolmark et le lustre de cristal ? Est-ce que Mimmo, un jour ?... Est-ce que ça finirait ?... Est-ce que ?...

Quinze jours à l'avance, Nush avait prévenu : « Il faudra se faire donner un coup de peigne le soir, avant le grand dîner », et, saisie par la solennité que la Parisienne mettait à des paroles si frivoles, Inès avait aussi sec pris rendez-vous pour elles deux chez le coiffeur de Rueil, promu parmi les faisant loi à la suite du maire et du curé. Si les cheveux taillés courts d'Inès demandèrent peu d'efforts au coiffeur, il s'avéra que Nush avait besoin d'un peu plus que dudit coup de peigne : une équipe au grand complet, la shampouineuse, les deux coiffeurs, la coloriste et le patron furent réquisitionnés pour faire tenir ensemble les kilos de cheveux noirs (= les vrais + les postiches), ainsi que les myriades d'étoiles, de fleurettes bleues et d'edelweiss que sa coiffure comptait.

Elle est là, la grande robe bleue du soir, je la revois étendue sur un lit, dans la chambre d'amis (le cube de parpaings qui se réclame chambre d'amis, avec deux lits pour les amis = un petit + un grand, l'idée que les amis existeraient comme système, respectueux du même modèle que nous, pour nous donner raison), puis je me revois embrasser Nush dans le cou avant qu'elle ne me congédie — je m'entends rire encore, me moquer de sa chevelure hyperbolique.

Inès s'est glissée dans la chambre avec sa robe à elle sur le bras, une robe longue à grosses fleurs et vives couleurs, avec des ruchés, des fronces et des volants partout : la mère du marié ne peut faire moins. La cousine parisienne a sifflé d'admiration, Inès ne saura jamais si c'était sincère ou non : ce malentendu, cette suspicion dure depuis l'enfance : Nush trichait avec Inès, feignait ou avait trop d'égards, ce qui revient au même. Mais elle avait beau faire, elle finissait toujours par l'écraser, comme quelqu'un de trop lourd ne s'abandonne pas tout à fait contre vous de peur de vous étouffer.

Et depuis l'enfance, Inès continue de consulter Nush, de lui demander son avis. Même pour Mimmo (surtout pour lui), la cousine avait joué les oracles matrimoniaux. Était-il vraiment bon ? — Sûr et certain, avait répondu Nush.

N'était-il pas trop moche, avec sa patte folle et son gros nez en patate, ses épaules voûtées déjà ? (Mimmo était de ces hommes qui ont toujours eu l'air vieux, de sorte qu'ils semblent moins changer que les autres, mais peut-être est-ce simplement qu'on les regarde moins que les autres.) — La beauté est un déjeuner de soleil, avait rétorqué Nush avec un dédain tout ascétique, elle qui six mois plus tard allait épouser un des plus beaux gars qu'Inès ait jamais vus en vrai, ailleurs que sur un écran ou dans un journal. Est-ce qu'il saurait, l'immigré, garder son travail, subvenir aux besoins d'une famille ? — Ce n'est pas comme si tu épousais un ouvrier du Bassin, un mineur ou un métallo, avait dit la pythie. Les verriers sont les seigneurs de la région. Ils auront toujours un meilleur travail que les autres.

Et le jour où les Vitti furent présentés au beau gosse, cet homme enfant qui avait mis la cousine enceinte, lorsqu'ils le virent dans son blouson noir, avec sa chemise jaune cru et ses bottines pointues, Inès se dit que la cousine était folle d'épouser un voyou, qu'elle courait à sa perte avec cet aspirant taulard, sinon futur guillotiné, et sans doute la voyait-elle finir dans un caniveau (ou son équivalent champêtre, le fossé), tabassée et peut-être devenue criminelle elle-même..., au lieu de quoi le petit marlou de dix-sept ans déçut toutes ces attentes secrètes, devenant très vite le play-boy au bras de qui Nush brillait de mille feux, trop dépensier, certes, prodigue en bijoux et belles bagnoles, mais qui gagnait de l'argent et serait riche en dix ans, riche de ce qu'une fille qui a épousé un Vitti peut appeler richesse. (Je me rappelle ces mots entendus à Rueil, de la bouche de Franck, le fils aîné Vitti, entre envie et dégoût : « Ton père, il *fait* de l'argent. ») Quelques années encore allaient offrir à Inès une forme de revanche sur l'injustice de son sort : le play-boy, celui-là dont les airs de dur et l'accent gouape forcé cachaient à grand-peine la profonde et puérile candeur, celui-là qui avait vécu par et pour le jeu, perdit tout et mourut à ce jeu.

Deux robes, donc, étendues sur un lit. Des robes trop lumineuses, trop chatoyantes, trop heureuses dans cette chambre de béton nu. Des robes qui donnent envie de pleurer. (Ça n'a aucun sens, pleurer pour des chiffons, et en même temps ça a le sens universel du linceul.)

Dehors, par la fenêtre ouverte sur les persiennes mi-closes, on entend ces dames, un bourdonnement de ruche que transpercent parfois un cri, une roucoulade, et en jetant un coup d'œil entre deux lames d'une persienne, on voit un beau charivari d'étoffes, d'ailettes et de plumes. Elles arborent des capelines absconses de mousseline, de tergal ou de rayonne (c'est affaire de bourse), les choses ont l'air assorties — les gants, les sacs, les chaussures, les chapeaux — mais toujours assorties d'un millimètre à côté, toujours un chouia détonnantes, semblables par défaut. On imagine : les heures de marche, les kilomètres de vitrines, d'étiquettes, de prix comparés, tous les calculs, toute la gêne quand le vrai chic serait d'entrer chez le sellier, chez le bottier, chez la modiste, de donner son tour de tête, sa pointure et sa taille de gants, puis d'annoncer la couleur.

Celles qui n'ont ni capeline ni bibi à voilette, celles-là ne vont pas tête nue pour autant : elles se sont fait au sommet du crâne de grosses confiseries, meringues et belles barbes à papa — chignons non pas crêpés mais comme soufflés, dopés par la quenouille d'une fée fileuse invisible.

Dans un coin de la cour, faisant bande autour des tonnelets et des glacières, les hommes semblent bien silencieux. De quoi parlent-ils avec leurs voix de basses ? Est-ce qu'ils parlent ? De voitures encore ? De boulot ? Pourquoi sont-ils si calmes ? Soûls déjà ? S'ennuyant déjà ? Se languissant des bonnes parties de chasse ? Parlant de chasse ? De pièges à renard ? De poison à renard ? Parlant de chiens ? Comparant les mérites des chiens ?...

Inès a rejoint Nush derrière les persiennes.

« Est-ce que des fois, entre eux, ils parlent de nous ?

— Hmmm... M'étonnerait. À la rigueur, ils parlent de leurs maîtresses. Leurs conquêtes, leurs exploits.

— Mon Mimmo est fidèle !

— Je ne pensais pas à lui, murmure Nush. Vraiment pas.

— Pourquoi nous, les filles, on parle d'eux entre nous ?

— Ils nous font des enfants. Difficile d'ignorer que ce qui nous a causé les pires douleurs, ce qui nous dévore la moitié du temps et nous vaut le respect, c'est à eux qu'on le doit. »

Inès se marre : « Qui aurait cru, en me voyant avec mon gabarit de crevette, que mes deux gosses — des gros bébés, pourtant — passeraient comme des lettres à la poste ? »

Nush enlace les épaules de la cousine : « Ce soir, on sera les plus belles. »

Inès dit : « Je ne te crois pas. Merci quand même. »

Ils l'avaient fait. La grande noce, la première noce du premier fils, ils la donnaient dans la nouvelle auberge, un lieu très sélect, en lisière de forêt (comment s'appelait-elle déjà : Le Lion d'or ? Le Cheval blanc ? Le Coq hardi ?...), et chacun s'était mis au pas, chacun avait fourni l'effort qu'il fallait pour donner son sens au spectacle. Du beau linge, on voulait ; du beau linge, on avait.

On s'était changé ; on avait passé la tenue du soir, armé la caméra.

Il faudrait oublier le ronron de la machine, ses crachotements, ses trémulations quand le film saute ou accroche. Les couleurs sont saturées, les contours bavent, mal définis. La pellicule a souffert, vermiculée de noir, par instants illisible. C'est comme regarder le monde par l'œilleton d'un microscope : une infinitude grouillante de bactéries, de microbes, d'ovules et de flagelles spermatiques — tous miasmes rassurants.

Un soleil chiche, voilé sans doute, ocelle les corps, dessinant sur les bras nus et les gorges des femmes des peaux de fauve, sur les vestons et les cravates des hommes des taches de camouflage. Tous sont vêtus de solennité, un seul a osé le smoking. (Nous aurions pu être deux, mon père m'ayant traîné chez son tailleur de l'avenue Franklin-Roosevelt pour qu'il me réalise sur mesure une sorte de copie allégée de son propre smoking : j'ai traîné des semelles, écarté tous les tissus qui piquaient ou irritaient, c'est-à-dire la plupart, j'ai refusé le bleu nuit chatoyant pour un noir sèchement noir, j'ai repoussé tout début de ganse, tout revers de satin, et je ne m'en tire pas trop mal — *pas trop ringard*, j'estime.

Je ne mesurais pas bien alors le plaisir que le play-boy prenait à m'habiller, à me transformer en fils idéal, rien qu'à lui : il y jouait vraiment comme au baigneur, et j'ai parfois la vision contradictoire, s'agissant de celui dont j'ai toujours entendu dire qu'il fut un enfant dur, querelleur et brutal, d'un petit mâle au cœur déçu à qui l'on aurait refusé, un jour, la poupée dont il rêvait pour jouer.)

Quelqu'un a fendu cette foule ou plutôt cette houle : aventure périlleuse, à en croire roulis et tangage, les tressautements, les plongeons et les éclipses d'image. Le parcours est dressé de nombreux corps obtus et gourds, un peu sourds aussi : tout le monde n'a plus vingt ans, ni même cinquante, telle la vieille dame plantée au beau milieu de l'allée, en tailleur bleu marine et joli canotier ceint d'un ruban bleu à pois blancs, toute vacillante sur ses petits talons et qui, sursautant à un appel qu'on n'entend pas (appel insistant, peut-être même hurlé à en croire la confusion sur les joues poudrerizées de la très-vioque, nonagénaire, au bas mot), s'écarte d'un coup, rose et néanmoins souriant de toute sa céramique, ses trente-deux dents refaites.

(Qui est cette vieille ? À quelle branche se raccroche-t-elle, et quels rameaux a-t-elle donnés ? Sans l'identifier formellement, j'ai ma petite idée, dont nous reparlerons, et cette petite idée n'est pas jolie, jolie : il faudra bien qu'elle dégote un rôle dans l'histoire, elle a trop fait d'efforts, on ne pourra pas la recaler sur ce casting-là : cette vieille à canotier, ruban bleu et pois blancs, c'est elle, je le sens, je le présume, cette aïeule patentée qui va décrocher le rôle de la salope. Pourquoi ? La distribution est un sale métier, pas juste, pas défendable une seule seconde. Je ne suis pas responsable. Mais on se souviendra avantageusement que chaque famille dénombre ses monstres. Elle et moi, je sais qu'on ne va pas s'entendre.)

Fendre cette foule, c'est choquer d'autres visages qui se retournent et rient (= on ne les entend pas, le film est muet = on voit seulement les bouches s'écarteler, les yeux se plisser tandis que le projecteur ronronne, gronde ou crachote, selon son humeur et les soudures de la bande), visages trop fardés (un peu de rouge à lèvres resté collé aux dents donne aux sourires un air vampire et le rimmel, fondu au soleil de juin, a déjà fait quelques coquarts dans l'assistance) ou rasés de trop près (joues scarifiées, mentons râpés, la peau du cou se hérissant en chair de poule sanguinolente), de même que les habits sentent l'apprêt, le carcan et le dimanche de punition, comme si tout serrait trop, tout était une taille en dessous, le col de chemise, les chaussures, la ceinture du pantalon, la gaine et le soutien-gorge.

Certains semblent montés sur ressorts, tout excités, fébriles et tremblotants (ce pourrait être aussi bien le poignet du preneur d'images qui tremble, son pied mal assuré qui glisse ou se tord dans le gravier de l'allée, mais non :), d'autres à leur côté paraissent pétrifiés, soldats de plomb tout secs ou imposants bouddhas de cire et de dentelle, scellés au pied des plates-bandes pour former une sorte de galerie, un échantillonnage mi-forain, mi-anthropologique de toutes les inhibitions humaines, un musée de l'homme du peuple, en somme, une parodie de la condition ouvrière...

Ça fait peur.

On divise des grappes, on contrarie quelques duos, on coupe un début de farandole, on reconnaît la mariée à son blanc, le marié à son rire excessif et à cette lueur contradictoire (comment dire ? : incrédule ? apeurée ?), cette faille dans le regard qui fissure l'édifice un peu bravache de ses certitudes et de ses engagements à vie. *Trop tard, mon gars,* songent les mauvais esprits.

Les habits ont beau être choisis et cérémonieux, les buffets abondants et le cadre de la fête imité de quelque parc à la Watteau, on sait à coup sûr où l'on n'est pas : chez les riches. Ça sent la grande occasion, le frais exceptionnel, non pas la ruine mais un endettement programmé, non pas les pauvres mais les gens dans la gêne. « Ils ont fait péter la banque », diront les envieux.

Sur le bon ou le mauvais goût des toilettes, la qualité des coupes et le prix des tissus, je ne me mouillerai pas encore : je ne suis pas assez renseigné. Tous ces tailleurs jonquille et ces jabots poussin, ces roses fuchsia et framboise écrasée, ces vert bronze, ces vert tilleul pour les plus sages : on dirait que furent rassemblées là toutes les reines d'Angleterre du moment. Les tailleurs, les capelines, les sacs à main avec ou sans chaînette — tout l'attirail est là. Sauf que les couleurs se dénoncent l'une l'autre, et que ça fait pour finir des madelons endimanchées, une basse-cour en grand caquetage sous la voilette nylon. Avec, pour plaire mieux que les reines, tous ces fards à paupières, ces paillettes bleues, or et argent, ces ongles peints et ces bâtons à lèvres orange, rose, prune ou marron. Avec, pour convaincre, tout un chahut de bon sauvage sur la face et le corps, pigments, onguents, des poudres et des colliers, des boucles, des perles, des verroteries, des cailloux, que ça pendille, s'entortille et surtout que ça brille. Sauf que. Te souviens-tu des lèvres gluantes, toutes poisseuses d'un miel rosat à l'odeur de charogne ? Te souviens-tu comment tu repoussais l'horrible dondon aux seins ensachés dans des pochons de naphtaline, comment tu t'essuyais bien vite les joues puis courais t'asperger à grande eau au premier lavabo ?

Mais la peau ne ment pas. Au grain de peau, on ne peut se tromper. Sous le fard et l'after-shave, comme elles sont usées, les enveloppes, non pas sales — plutôt décapées, oui, par des décennies de savon bon marché — mais mal entretenues, comme mal aimées, vieillies prématurément, grises ou rubicondes selon les natures, et, selon les natures, le grain perdu s'est fait carton bouilli, plâtre gâché, fraise éclatée ou masque de caoutchouc.

À un bout de l'allée, enfin, juste à l'orée du parc, on les trouve, dressés plus que debout, se raidissant à l'approche de l'objectif, ce viseur noir inoffensif d'une caméra super-8.

Elle s'ennuie, ça se voit. Sa longue robe bleue, son péplum empierré, ses gants lamés or et les escarpins — du même tissu lamé or, à en croire le bout effilé dépassant sous la robe —, rien n'y change rien. Elle s'est encore imaginée à l'antique, son chignon bas tressé retombant en cascade d'anglaises noires semées de bijoux bleus translucides (étoiles, marguerites, edelweiss). L'œil fardé d'antimoine, de mascara, puis d'un épais trait de khajal étiré aux tempes, elle s'ennuie fièrement, grave et lasse d'une douceur triste, intérieure et tue depuis si longtemps que l'effort serait incommensurable, la fatigue inouïe de se mettre à en parler maintenant. Le nez, qu'elle a toujours eu aquilin, s'est encore busqué depuis le sinistre jour de l'accident, ce matin où le vasistas du coin cuisine, dans ce galetas qu'on appelait « chez nous », lui est tombé sur la tête tandis qu'elle se battait avec la crémaillère. La cicatrice est légère, plus ou moins visible selon l'éclairage, d'autant plus discrète que l'éclairage est direct et puissant — et là très apparente, dans la lumière naturelle de ce sous-bois, l'ombre bleutée soulignant, creusant presque, l'encoche à l'arête du nez. Ce défaut était son plus grand charme, me semble-t-il, mais à l'époque la règle tacite et communément observée était de clamer une main sur le cœur :

« Non, je te jure, ça ne se voit pas. » Le play-boy me l'avait ordonné.

Et j'écoutais le play-boy, sa parole souvent mystérieuse, obscure ou elliptique était parole de loi, bien que la chose paraisse impensable à le voir là, sur cette pellicule déliquescente, gigoter dans son smoking (« Mon tuxedo », corrigeait-il, pointilleux et vain comme un adolescent aux prises avec une identité qui se refuse et lui échappe sans cesse), sur ses bottes à bascule en serpent bicolore, avec au poignet ce bracelet de montre énorme maillé d'argent et de turquoises, et, sous le tuxedo, bien qu'invisible à cause du veston fermé, j'imagine la ceinture noire à boucle argent incrustée, elle aussi, de turquoises rares — tous attributs d'un Commandeur de rodéo...

Ils ont l'air de se faire la gueule, ou disons : ils s'évitent, prennent bien garde à ne pas s'effleurer, ne serait-ce que sur un millimètre carré, comme si un unique frôlement d'étoffes pouvait électrocuter l'un ou l'autre et griller l'assemblage fragile de la photo.

Pourquoi sont-ils ensemble, comme ça, avec leur air de drame costumé ?

Pour le riche camaïeu de bleus qu'ils forment ? Pour l'insolite jumelage de deux mythologies, la rencontre entre Nil et Arizona, ou simplement parce qu'ils vont bien ensemble, sont beaux ensemble, que leurs corps, mieux qu'accordés, semblent ajustés bord à bord, sculptés depuis toujours pour s'enlacer, s'accoupler, se fondre ?

Car si ridicules que soient ses revers de smoking trop larges, ses santiags et ses bijoux apaches, nul ne peut nier qu'il affiche son mépris du goût commun avec une rare superbe, et ce mépris, cette distance rehaussent sa séduction : redoutable autant que désirable, c'est ce qu'on m'a dit de lui, des femmes essentiellement, des hommes parfois. Et je voyais dans leurs yeux tristes la nostalgie des quelques heures où les quinquets bleus du play-boy s'étaient gravés au fond de leur iris, où ils avaient tatoué leur empreinte bleue, non pas turquoise mais d'un autre éclat minéral, presque transparent, celui de l'aigue-marine que l'on retrouvait aussi (elle ou plutôt son imitation) cousue sur le corsage de Nush. Ce play-boy dont je vais rire, dont je vais extrapoler et faire un archétype, il faudrait dire, quelle que soit la peine que ça me prenne, que c'était lui, aussi, l'homme de ma vie. Désiré comme craint. Pareillement désiré, et craint.

Sur le film, il est parfait tel qu'en lui-même : sourcils froncés qui grognent, masséters bandés qui menacent, ses yeux illuminant un visage glabre et à peine fané d'adolescent trentenaire. Débrouille-toi avec cette icône.

Pourquoi sont-ils ensemble, sinon à cause de moi, qui les réunis malgré eux depuis quatorze années ? Je suis bien quelque part, pourtant, hors champ, écarté de tout ce paradis azuréen pour incompatibilité de couleurs, n'ayant rien de bleu qu'un gris vague dans les yeux, ou bien déjà trop grand pour me glisser entre eux, cette précocité à grandir n'ayant d'égale que leur précocité à me fabriquer, comme si tout, avec nous trois, était soumis à une accélération de la lumière, un vertige singulier, elle, la belle pharaonne à forme d'amphore, s'empressant d'avoir sa première mèche de cheveux blancs avant trente ans, lui, le play-boy devenu père à dix-sept ans, supportant mal de se voir vieilli systématiquement dans les yeux des autres, contraint par les autres de jouer son rôle, se réfugiant dans des déguisements de western.

Entre eux, à cet instant, sur cette image, rien ne passe qu'une faille glacée.

Qui a filmé ? Moi ? C'est peu probable : je n'ai jamais eu le goût à ça, les appareils photo, les caméras super-8 ou la vidéo — empailleurs du pareil au même. Pourtant la maladresse du cadrage et cette manie usante de zoomer sur les accessoires (les verres, les cigarettes et cigares, les chapeaux à cerises ou à fleurs, le canotier de la vieille dont on reparlera, les grandes capelines d'organdi ou encore le stetson blanc écru de mon père tenu à la main gauche où sont l'alliance discrète et le clinquant bracelet de montre rapporté d'on ne sait quel camp navajo entre Arizona et Nouveau-Mexique), ces maladresses et insistances témoignent d'une forme de puérilité et de lourdeur d'où je déduirais un peu vite que le caméraman était Fred, le cadet des Vitti et mon contemporain. Je me suis souvent demandé s'il ne représentait pas aux yeux du play-boy le fils idéal : remuant, très affable, sans talent pour rien mais sans prétention non plus, Fred savait réparer sa mobylette et taper dans un ballon. Je ne doute pas qu'on lui aurait prêté sa caméra sans hésiter une seconde — alors qu'avec moi, avec mon infirmité dans le monde matériel, on se serait inquiété pour l'issue de l'expérience.

Mais non, vraiment, après toutes ces années — tout ce temps identifiable à la vermine noire qui pique la pellicule, ce même vieux temps que le vieux projecteur spasmodique et crachotant exprime à sa façon —, je ne sais plus qui a pris ces images. Je me demande si nous n'étions pas déjà, à cette heure précoce du banquet, retirés dans un coin à l'abri des regards, la pseudo-cousine Roxane, le pseudo-cousin Fred et moi, à rouler une provision de joints pour la soirée marathonienne. Je revois les doigts effilés de Roxane ranger délicatement les sticks dans son étui à cigarettes qui faisait également office, sur l'autre face, de miroir de poche.

(Je revois cela, pour moi et moi seul, je zoome en pensée sur ses mains et je revois les attaches fines, les poignets d'enfant, la peau satinée, si dorée, si fine, et il me semble, en fermant les yeux, que je peux retrouver le toucher de ces doigts-là, le contact de cette peau-là. Cela, qui ressemblait à l'amour, me faisait jouir à me faire presque mal. Et aujourd'hui encore, je ne peux voir personne rouler un joint sans en ressentir un frisson très particulier, dont j'ai appris, certes, à mater l'érotisme, mais qui, bien que la plupart du temps sans objet — sans désir de celui ou celle qui roule — n'en demeure pas moins une excitation.)

La grande patronne ne s'est pas contentée du bouquet à l'église. Peu avant le dîner, deux livreurs se présentèrent à l'auberge du Coq hardi, et, portant chacun par un côté un étrange et pesant paquet en forme de nacelle, traversant non sans risques la foule amassée au jardin, déposèrent dans la salle de banquet, sur un petit buffet central que l'aubergiste, complice, avait laissé vide, une monumentale corbeille de fruits, des fruits plus insolites, plus colorés et parfumés les uns que les autres, venant de tous les coins du globe. Au creux de la corbeille, parmi ces fruits vrais de chair vive, étaient cachés d'autres friandises, des fruits confits, des fruits secs, des pâtes d'amande et des pâtes de fruit aux couleurs acidulées, l'ensemble formant une nature morte qui épatait les adultes et mettait l'eau à la bouche des enfants. Il a fallu filmer ça aussi, par vanité des parents sans doute : après une éclipse noire, l'objectif se réveille devant la corbeille, puis s'attarde au seul homme assis, dans un coin de la longue salle, tout au bout d'une table, les coudes vissés sur la belle nappe blanche. Il porte un polo bordeaux à manches longues, il se fait une prise et, bougonnant pour lui-même, congédie la caméra d'un revers de main. J'ai oublié son prénom. C'était un souffleur, l'un des plus anciens de la manufacture.

(Fondre, enchaîner.)

Après le retrait en grand cortège des chariots à fromages, les premières chansons avaient été entonnées. Ai-je dit, sans parler des yeux verts, qu'un peu de ce sang commun se signalait aussi par un gène mélodique, une sorte d'aisance, de prédisposition à siffloter et fredonner dans les lieux et situations les plus inattendus ? Tout le monde chantait, un vrai colloque de rossignols. Lorsque le tour de Nush arriva, elle pensa se défiler : « Pompette, dit-elle, je crois que je suis pompette », sachant que tout évitement était vain. Et ses yeux se noyèrent, liquides, charbonneux — encre noire d'où récrire le monde. Tous ont demandé le *Tourbillon de la vie*. Elle s'est exécutée, debout, le menton haut, les mains croisées sous le plastron de pierreries.

Les jeunes ricanaient — une chanson de vieux. Puis ils se laissèrent prendre à mesure que Nush elle-même se laissait ravir, balançant le torse, la nuque, et, telle une possédée, souriait aux anges du plafond. Alors, timidement, ils mêlèrent aux vieilles mains tavelées, gercées et toutes tordues d'arthrite leurs belles mains d'espérance, applaudissant à tout rompre, frappant fort, se brûlant les paumes pour faire honneur à la jeunesse — cette déesse chimérique et clando.

Plus tard, c'est le tour d'Inès qui refuse, s'empourpre et fait mine de se fâcher avant que de céder (la mère du marié ne peut pas moins faire) : de sa voix de crécelle rouillée elle s'attaque à plus fort qu'elle, évidemment, *Milord* ou quelque chose d'approchant, *Bambino* (qui n'a pas l'âge) ou *Johnny* (qui n'est pas un ange). C'est exactement comme jadis, la même torture que trente ans plus tôt, ces jours de fête à l'école de filles de Rueil, dans la cour pavoisée de bleu, blanc, rouge, sur l'estrade que surmontait la photo géante d'un vieux à képi et grosse moustache chenue, déjà c'était elle, la noire Anouk, elle qu'on voulait, qu'on choisissait pour entonner l'hymne au maréchal, déjà elle raflait tout — les faveurs, les bravos, les prix de chant, les prix de solfège et les genoux du maire pour passer dans le journal.

Ils se succédaient. La vioque au canotier susurra une niaiserie d'opérette, le marié fredonna du Boby Lapointe qui réjouit l'assistance, son jeune frère Fred, la voix en pleine mue, eut la malencontreuse idée de s'en prendre aux *Portes du pénitencier* et rougit, blessé, lorsqu'il compris que son petit air, aussi, faisait se fendre les poires.

Puis le vieux souffleur frileux, coincé dans son polo bordeaux, chanta sans se réchauffer *Mon Vieux Pataud.* Toutes les femmes pleuraient. Des hommes pleuraient aussi, sans nul doute, des hommes cachés. Quel cœur, quels nerfs pourraient-ils résister à la plainte d'un homme seul et vieillissant, qui pleure son bon chien, son singe défunt ou son cheval achevé d'une balle en pleine tête ?

« Vieil ours ! » disaient-ils en parlant du bonhomme, le vieux souffleur dénué de cravate. Ils disaient, et admiraient cependant l'ancêtre, le briscard indolent. Il était arrivé au pays à quatorze ans, tout crotté, tout décharné, ayant parcouru seul, à pied ou en maraude sur les trains de marchandises, des milliers de kilomètres.

Et dans les cinquante années qu'il aura vécu là — tout ce temps, oui —, jamais on ne l'aura surpris au bal, jamais vu au bras d'une poulette.

Les hommes disaient : « Sans doute, il va au lupanar. »

Les femmes poussaient des cris indignés : « Quel lupanar ? Où trouvez-vous un lupanar ? » Le souffleur n'avait ni solex ni voiture, et nul ne se souvenait de l'avoir vu à la gare routière attendant l'autocar pour faire la vie où que ce fût.

Les gars haussaient les épaules. Qu'en savaient-elles, les femmes ? À quelle connaissance de ces choses prétendaient-elles ? C'était déjà bien beau qu'on arrive à leur épargner les chaudes-pisses et la vérole — à les préserver de cette connaissance précise. Il était loin, bien loin et à l'abri du châtiment, le bordel de la vieille ville de garnison (le bordel, c'est-à-dire : l'hôtel de passe, oui, mais aussi les bars d'hôtesses, les pissotières de la gare et le cinéma porno qui venait d'ouvrir).

Qui n'a pas aimé le vieux souffleur ? Quelles femmes le vieux souffleur n'a-t-il pas aimées ? Qui donc a gravé au cœur du jeune souffleur le tatouage *Nobody* ? Qui donc avait manqué pour persuader le vieux souffleur d'effacer le tatouage ? Qui ? Quelle ? La faute à qui, la faute à quelle ?

Alors la cousine Roxane se lève, elle repousse dans son dos les longues boucles noires, presque plumeuses, duveteuses, qui lui font une tête à la Janis Joplin, elle ferme les yeux, serre les poings sur ses hanches et elle y va :

Stamattina mi sono alzata
O bella ciao bella ciao bella ciao ciao ciao
Stamattina mi sono alzata
E ho trovato l'invasor.

Alors le père de Roxane, le jumeau Samuel, se lève à son tour et poursuit à grand coffre, la voix un peu traqueuse :

O partigiano, portami via
O bella ciao bella ciao bella ciao ciao ciao
O partigiano, portami via
Che mi sento di morir

Alors ce sont les femmes, toutes les femmes de la noce qui se lèvent, s'enlacent à la taille et s'échevellent à balancer la tête, emportées, heureuses :

E se io muoio da partigiano
O bella ciao bella ciao bella ciao ciao ciao
e se io muoio da partigiano
tu me devi seppellir...

Puis ce sont les hommes, les hommes fiers, les hommes épris de leurs femmes, les hommes qui font d'une toute, toute petite voix :

Seppellire lassù in montagna
O bella ciao bella ciao bella ciao ciao ciao
Seppellire lassù in montagna
Sotto l'ombra di un bel fior

Alors Nush revient, elle se mêle au nombre, elle écarte les bras, elle secoue la tête, ébroue son chignon royal si fort qu'il tombe, et les étoiles avec, et les marguerites bleues, les edelweiss, et sa voix se fait grave, elle va la chercher loin, au plus profond, au plus noué du ventre :

E le genti che passeranno
O bella ciao bella ciao bella ciao ciao ciao
E le genti che passeranno
e diranno o che bel fior

Tout le monde (= les gens de la noce + quatre serveurs en boléros blancs + deux plongeurs et un gâte-sauce en tablier remontés des cuisines), tout le monde, oui, a la voix grosse des larmes pas pleurées :

E' questo è il fiore del partigiano
O bella ciao bella ciao bella ciao ciao ciao
è questo è il fiore del partigiano
morto per la libertà.

Tant de gravité effraya le maître d'hôtel du Coq hardi. Il fit distribuer les cotillons en abondance.

Les mirlitons faisaient leurs bruits de klaxons, les confettis neigeaient et collaient aux semelles, les serpentins volaient, fléchant l'air de longues spirales et tissant une trame absurde entre les noceurs, trop vite déchirée pour espérer créer des liens. Les vestes tombées étaient raccrochées au dossier des chaises.

Au sous-sol, dans les vastes toilettes tendues de marbre rose, les femmes en rangée devant les grands miroirs se repoudraient à tour de rôle, se repeignaient de rouge les lèvres, un coup de peigne, de bombe, certaines, sans s'en apercevoir, par une habitude aussi irrépressible qu'un clignement de paupières ou une respiration réflexe, prenaient des mimiques et des poses intimes, plissant les lèvres, creusant les joues, haussant les sourcils, ou bien elles se tournaient de profil et se lissaient le ventre d'un revers de main comme pour l'aplatir en rêve, ayant tout à fait oublié leurs compagnes de boudoir, de même qu'à la porte voisine les hommes s'alignaient, eux, devant les urinoirs, et égouttaient leur sexe d'une secousse plus ou moins violente, mais ne pouvant s'empêcher, tandis que s'évaporaient leurs dernières gouttes d'urine rendue acide par trop d'alcool et brûlant le méat, de lorgner de droite et de gauche, sur le sexe des autres, ignorant même qu'ils le faisaient, ne voulant pas imaginer pourquoi ils l'auraient fait puisque le sexe des autres hommes leur était pénible, les mettait en colère, les dégoûtait, les révoltait, les sidérait, les fascinait, et pour finir, ils remballaient à regret et aigris leur queue dans le linge compliqué, maudissant les pédés (qui d'autre, sinon eux, serait la cause de leurs sales pensées ? à qui d'autre les reprocher ?).

Puis le marié ouvrit le bal avec sa mère, la mariée au bras de son père, lequel ne semblait guère à la fête, lui, avec ses allures de clerc de notaire. Sa moue lippue et hautaine (« Quelle gueule de raie ! » s'était exclamé le play-boy, et le fou rire s'était propagé en traînée de poudre aux tablées voisines), cette façon qu'il (le clerc de notaire) avait d'éviter ostensiblement les Vitti ainsi que tout péquin s'y rattachant disaient son chagrin : sa fille se déclassait.

Ça dansait, donc, ça suait, ça s'échevelait et se délitait, les maquillages de ces dames fondaient, leurs chignons et leurs anglaises itou, les robes froissées montraient leur médiocre qualité, les varices gonflaient et les joues s'engorgeaient, mais ces messieurs avaient la palme, les messieurs s'abandonnant plus vite, braillant plus fort, se délurant ensemble : après les vestes, les cravates tombaient, puis les chemises (ces chemises empesées qui puaient si fort le pressing, quelques heures auparavant, qui puaient à présent le fauve sous le déodorant musqué) s'étaient mises à bâiller hors de la ceinture et, mouillées, laissaient voir les sous-vêtements en transparence, les pantalons de jersey pochaient aux fesses et aux genoux, tout ça vous avait un côté corps de garde, cuite du samedi soir et repos du troufion, une sorte de credo qui proclamait l'épanouissement de l'homme par l'uniforme, tel un grand défilé de 14-Juillet avec rassemblement de tous les beiges et les gris du tergal, tous les kakis, les cacas d'oie et les bleus gendarme plus souvent que marine.

Parfois, çà et là, une note gaie se faufilait dans l'assistance, un costume de suédine bleu ciel ou rose dragée donnant à quelque brave type l'allure d'un vieil Elvis dans la dèche, le même modèle reconnaissable encore, pour ceux qui n'ont pas perdu trop de cheveux, au reste de banane porté en souvenir au sommet du front, cheveux teints alors, aile-de-corbeau, auburn ou blond vénitien, puis gonflés, retroussés et arrimés à l'arrière du crâne par un paquet de laque plombante ou un demi-tube de gomina — cette mythologie nord-américaine dont mon père s'était fait le glorieux héraut, le plus voyant et le plus luxueux aussi, leader écrasant tous les autres avec sa panoplie tex-mex, sa quincaillerie sortie des réserves de Peaux-Rouges, les bagues, les boucles de ceinture et les bolitos de turquoise et d'argent, sa collection de santiags, enfin, bottes et bottines coupées dans tout ce qui porte peau ici-bas et se laisse tanner, du buffle au croco en passant par l'iguane, le lézard, le crotale, l'autruche et le gentil veau.

... mon père, oui, précisément, en train de menacer la colonne vertébrale de Nush sous le pilonnage d'un rock'n roll plus rock que roll, et la souple Égyptienne s'en tirait comme dans un rêve, se collant à lui, vraiment, collant son ventre pur à son sexe à lui, odieux et comme rendu plus présent par le pantalon stetson, sa coupe basse et moulante (épousant, écrasant les couilles et la queue, écœurant tout cela, donc, ou très excitant, c'est comme on voudra), avant qu'il ne l'envoie dinguer en trois tours, ne la rattrape in extremis en lui démettant au moins une épaule, un poignet, et elle, l'air d'aimer ça, elle, attendant son signe, yop ! pour se laisser soulever et d'un coup jouer la toupie autour des reins de l'homme

... ils sont comme ça, ils ne se parlent pas, ne se caressent plus depuis longtemps, mais ils dansent, c'est plus fort qu'eux, ils ont toujours été comme ça, ils se sont rencontrés dans un bal, ils se sont plu à danser et ça n'a jamais cessé, au plus fort des conflits, quand bien même la haine les défigurerait, ils ne pourraient pas résister à la musique qui se lève, n'auraient même pas besoin de parler, de se faire signe, de s'inviter, ils marcheraient l'un vers l'autre et danseraient et très vite ils souriraient, très vite ils s'aimeraient, on ne verrait plus que ça

... la foule applaudissait : « Encore ! Encore un tour ! » et ils s'y remettaient, les danseurs, les amants dingos, les toupies infernales, mes parents impossibles, ils reprenaient de l'élan, et elle se laissait soulever à la taille d'une main, lévitait sur les reins de l'homme, tourbillonnait puis retombait au creux de l'autre main, légère à quel point ? légère jusqu'à se donner au plus offrant, au plus endurant des danseurs ? Sa jupe parfois se soulevait dans la rotation : on voyait les cuisses, le haut plus sombre des collants, on imaginait le reste, le sanctuaire, le grand tout. Et c'était reparti pour les contorsions, l'acrobatie et les arts martiaux. Je remarquai ce soir-là que le play-boy avait commencé à prendre du bide, non pas des coussinets ni des poignées, non : un vrai bide. Bientôt, on ne verrait plus la belle boucle de ceinture.

Les corps s'alourdissaient de trop de sucreries, les doigts et les lèvres étaient tout collants de nougatine, nausée et poisse peu propices aux rapprochements. Les danseurs fatiguaient. On voulut disputer le jeu de la jarretière. À peine la mariée retroussa-t-elle sa grande robe blanche à son mollet que son clerc de père s'interposa et lui ordonna de se tenir. Personne ne vit le ruban de dentelle rose, ni le moindre bout de cuisse de la mariée.

Comme souvent autour de minuit, une discussion sérieuse, possiblement belliqueuse, s'engagea avec les digestifs et les cigares amers.

Le vieux souffleur s'accrochait à sa bouteille de mirabelle : « La grande patronne, parlons-en. Sa générosité, ses cadeaux, sa charité, parlons-en. Comme elle vous charme, la sorcière, elle vous achète avec des sucreries et de la gnôle.

« Elle est belle femme, que oui ! mais n'importe laquelle de vos femmes ne serait-elle pas aussi belle avec le coiffeur à domicile, la couturière à domicile, les enfants faits sans travail ni douleur, jamais allaités, jamais veillés, jamais torchés ?

« Oh ! elle vous impressionne, la belle et grande patronne que vous voyez dans les magazines, à la télévision, plus souvent là, d'ailleurs, que dans les allées de l'usine.

« Elle vous illusionne, comme tout le reste, ces magazines qui vous empêchent de lire, cette télévision qu'on vous a collée comme une pieuvre à la gueule. »

Le père du marié : « C'est la vie moderne, vieux souffleur. Tu ne peux pas nous reprocher le confort si durement mérité. »

Inès : « On le sait, que tu es né sans l'électricité, sans le téléphone. »

Autour, les gens de la noce rient et hochent la tête : « Sacré vieux souffleur ! On le saura, que tu viens du sous-monde ! »

« Respect ! ordonne le marié d'un air contrit. Respectez le vieux souffleur. Un maître, une légende de la fabrique. »

Est-il drôle, le marié, avec ses cheveux et sa barbe de Che, sa tête hirsute comme rapportée, vissée sur le torse en habit gris perle, la chemise à col cassé et le nœud blanc : qui est donc le marié ? que sera le marié ? ce vieil adolescent rêvassant de guérilla les yeux rivés au front étoilé de son idole ? ce futur homme assis en complet la semaine, en jogging le dimanche ? où penchera le marié ? aimera-t-il la mariée ? lui fera-t-il des enfants, un, deux, trois, ou bien dix, ou bien vingt ? la mariée gardera-t-elle son teint rose et ses taches de rousseur, sa timidité, sa douce voix flûtée ? le trompera-t-elle ? la trompera-t-il ? quand le trompera-t-elle ? quand la trompera-t-il ?

La mariée, de sa toute petite voix : « La patronne paie les cours du soir, cher vieux souffleur. Elle paie la formation continue de nos aînés, la réinsertion de nos enfants délinquants. »

Le vieux souffleur : « La bonne blague ! C'est ton mari qui donne les cours, évidemment que tu es contente. »

La mariée, rêveuse : « Elle nous envoie en séminaire sur la Riviera. Nous traite comme des princes, avec des jetons pour tout, la piscine découverte, les cabines de bronzage, même le casino. Bien sûr, moi je n'ai pas joué », minaude-t-elle, rougissante.

Rumeur des gens de la noce : « C'est normal, elle est sa secrétaire chérie, sa protégée, sa fayote. »

Gens de la noce, murmurant, une main devant la bouche : « Méfiez-vous de la mariée. Ne dites rien de la patronne devant la mariée. Avec son air de dinde blanche, elle rapporte, elle manigance, elle se fait mousser. Nous, les ouvriers, nous les champions misère, pour la Riviera on repassera. Pas vrai, Mimmo, que les séminaires ne sont pas pour nous ? »

Mimmo Vitti : « Je vous prends à dégoiser sur ma bru ! Comment vous comparer à elle, ignares que vous êtes, quasi analphabètes, tout comme moi ? »

Gens de la noce, vexés, grommelant en aparté : « C'est nous, les champions misère. C'est nous, sans grade ni jetons de présence, sans autre savoir que ce métier au bout de nos dix doigts, c'est nous les champions. »

Le vieux souffleur, écumant de colère : « Ce métier que je savais sur le bout de la langue, oui. (Il s'essuie la commissure des lèvres.) La grande patronne ! Comme si je ne l'avais pas vue naître ! Comme si elle n'était pas le portrait craché du père, la reproduction en pire du grand-père. »

Nush, prenant à deux mains la nuque du vieux souffleur et lui déposant un baiser sonore sur le crâne : « Tu ne changeras donc jamais, mon beau, mon fier souffleur. Petite, tu me faisais peur. Aujourd'hui, je t'adore. »

Inconsolé, le vieux souffleur de cristal hochait la tête et ses yeux gris voilés de cataracte se perdaient, loin, loin, au cœur de lui-même. Il était si étrange, dans la tiédeur d'une nuit de juin, emmailloté de cette camisole, ce polo bordeaux à manches longues et boutonné au cou — dont on eût dit que pour rien au monde il n'aurait ouvert le premier bouton qui lui serrait la gorge. Je ne sais plus si je l'avais trouvé beau ou pas — du haut de mes quatorze ans, je devais le trouver vieux, point final.

Le vieux souffleur pleure d'un œil, qu'il doit essuyer sans cesse de son gros index replié : « À mon arrivée en France, quand je disais que je venais du Monténégro, les gens me dévisageaient d'un drôle d'air méfiant. "On dirait pas", c'était leur mot le plus souvent. Ils croyaient que le Monténégro était un pays de nègres. J'avais beau leur expliquer, la découverte de la vérité les rassurait à peine. Ils préféraient leur erreur, leur ancienne vérité. Alors j'ai inventé une fable. La fable d'un pays petit comme un timbre-poste mais immense par son mystère : mille ans plus tôt, on avait vu naître d'un roi et d'une reine tout ce qu'il y a de blancs un prince héritier noir comme du charbon. Cette fable, ou une autre. J'exagérais mon accent, je faisais la grosse voix grave. J'avais mon petit succès dans les bistrots et les veillées, croyez-moi. »

Ça aussi : « Avant la guerre et encore un peu après, tous les samedis et parfois les lundis, on avait la visite du bouilleur de cru ambulant. Il arrivait dans un drôle d'engin, une estafette qui remorquait son alambic lui-même monté sur roues, un truc tout brinquebalant de tôle qui faisait teuf ! teuf ! et rendait, en crachant la vapeur, un tel son de casseroles qu'on n'osait trop s'approcher. On lui donnait nos caisses de fruits, nos prunes, nos mirabelles, nos poires, et il nous préparait la gnôle pour une semaine. On tenait rarement la semaine, parce qu'il fait chaud autour des fours, et que l'eau n'étanche pas la fatigue, ni le cafard. Vos patrons, ces chéris, qu'est-ce qu'ils faisaient ? Voulaient pas savoir. Les chefs et les sous-chefs avaient ordre de fermer les yeux. Le bouilleur se mettait dans un coin de la cour, pour ne pas déranger les camions et les engins à palettes, il y restait autant d'heures qu'il fallait.

« C'est avec sa gnôle qu'on faisait la mort-aux-rats. »

Hippolyte, le très jeune frère de Roxane, s'écrie : « De la mort-aux-rats ? Pourquoi mettre de la mort-aux-rats ? »

Le vieux souffleur : « Tu n'y es pas, mon garçon. La mort-aux-rats, c'est tout bête et ça fait un effet bœuf : dans une chope, tu mets une rasade de gnôle — une bonne dose, j'entends, pas un dé à coudre — puis tu verses une pinte de bière. Ça dessoiffe et ça vaut tous vos expédients à vous, les jeunes. J'en suis sûr. »

Nush lui lance un furieux coup de la pointe de son soulier doré. « Tu parles devant des gosses ! » gronde-t-elle, et le souffleur se prend la tête à deux mains, bouleversé plus que de raison, suppliant qu'on le pardonne.

Nush : « Va, mon pauvre, mon vieux souffleur. »

Ce que dit le vieux souffleur : « Un jour, il a disparu, le bouilleur de cru. On a parlé de nouvelles règles sanitaires, d'une nouvelle loi contre les accidents du travail, d'une inspection tatillonne qui aurait fait un mauvais rapport.

« J'ai bien ma petite idée, moi. Parce que figurez-vous — simple coïncidence — que dans les mêmes semaines, le fils cadet de la manufacture s'était marié avec une héritière d'une famille de brasseurs, eux-mêmes alliés par un autre mariage à la famille qui possédait la moitié des vignobles du coin : la paie sitôt gagnée, on la pissait sur les murs des cafés. Mais elle n'était pas perdue pour tout le monde, va. Elle gonflait la poche des patrons. »

Jeunes gens de la noce : « Quel parano, tu fais, vieux souffleur. Tu débloques. Diabolique avec tes idées. On n'est pas malheureux, nous, ceux du luxe. »

Le vieux souffleur : « Nuée imbécile ! Ramage de linottes ! Qu'est-ce que vous croyez ? N'ai-je pas été fier, moi tout comme vous, quand je cueillais la pâte incandescente au bout de la canne, quand je la soufflais puis la tournais, la découpais ? Bien sûr, j'étais fier. Est-ce que je n'ai pas cru, tout comme vous, que je faisais un métier d'art ? La jolie tournure. Non, je ne trimais pas sur l'emporte-pièce. Non, je ne débitais pas de la durite à bagnole ou du radiateur de frigo. Non ! Je faisais des lustres pour paquebots, moi, de la vaisselle unique pour les mariages des dictateurs ! C'était mon métier d'art. Ils disposaient de mon temps. Ils disposaient de vos maisons, de vos familles. Ils ont pris possession de vos corps. Et maintenant ? »

Nush : « Viens danser, vieux souffleur, mon beau cavalier. Fais-moi la valse musette comme quand j'étais petite. »

Vieux souffleur : « Valse musette ? C'était l'avion que tu voulais, ma fille, faire l'avion et monter plus haut, tourner toujours plus vite et toujours plus haut, sans égard pour mes poumons. Ni pour tes petites omoplates, d'ailleurs. Mes ailes d'ange, tu disais... »

Il pleure, le vieux souffleur, et sa petite Nush l'emmène à l'écart pour pas pleurer à poil, devant tout le monde. « Viens contre moi, gentil et doux et pauvre vieux souffleur ! Viens coller ton cœur gros de crachats pas crachés à mon plastron de pierreries. Viens dans le bleu de ma robe souveraine. »

Le play-boy : « J'ai soif. »

Le play-boy, plus bas, à l'oreille de son fils : « Font chier, les ouvriers. J'ai soif d'un vrai pur malt. T'en as vu quelque part ? »

Le fils : « M'étonnerait. Dis, tu crois qu'on sera obligés de rester dormir ? »

Le play-boy prit son fils par la nuque (c'est-à-dire : comme toujours inconscient de sa force, il me broya les cervicales dans son poing), puis déposa un baiser furtif à la joue fraîche et duveteuse — bientôt, il faudrait m'offrir mon premier rasoir électrique : « J'en sais rien, mon grand. Il se fait tard, la nuit n'est pas finie. Mais je peux te promettre une chose : on ne va pas traîner, ici. Je guetterai la première occasion pour rentrer à Paris. »

. . . .

Il fut un temps — une saison, plutôt —, où le play-boy ne dédaignait ni la compagnie des ouvriers ni la maison Vitti. Je songeai à ces fameux jours entre l'automne et le début d'hiver, la récolte des maïs et celle des betteraves, quand les lièvres pullulent, quand le brame rend les cerfs imprudents, quand grives, bécasses et perdrix dessinent dans le ciel toutes figures, des arabesques, des vrilles, des loopings et des asymptotes de cartoon, quand ça pétarade et flingue de partout. J'avais accompagné le play-boy, deux fois, à la chasse. Jamais je ne m'étais montré aussi doué que le prétendu cousin Fred. Fred détalait sur un ordre, rampait sans un ordre, dénichait mieux que n'importe quel clébard. Il voulait tant plaire, tant prouver qu'il serait un mâle lui aussi.

Comme tant d'autres hommes, Mimmo aimait le play-boy, beaucoup plus jeune que lui, presque en âge d'être son fils, et en même temps radicalement étranger. C'était comme s'il avait décidé une fois pour toutes de négliger, de gommer les aspérités gênantes du personnage. Il l'invitait à sa chasse, les week-ends d'automne et d'hiver. Chaque membre de la chasse pouvait inviter un fusil ami à son tour, et le play-boy, très vite, avait eu tous les tours de Mimmo. Puis il avait séduit sans malice la dizaine de bons gars de l'usine qui formaient la bande, et bientôt il eut tous les tours des dix, devint l'invité permanent. Cela avait duré deux ans, peut-être. Mimmo était fier de le compter parmi ses amis, fier des casse-croûte pris dans un abri de chasse où le jeune homme fascinait les ouvriers verriers, la nuque usée mais attentive, avec ses histoires de Koweït, de Las Vegas et Chicago. Lui, si hautain, si avare d'effusions, voici qu'il s'emportait, les transportait.

À peine enrichi, mon père avait filé sa propre métaphore. Il s'était offert une action dans une chasse hyperchic de Parisiens, non loin de là. Mimmo et ses collègues croisaient parfois cette troupe tapageuse, aux voitures rutilantes, aux fusils toujours neufs, fourbis et lustrés tels des chromes, ces hommes et ces femmes (qui étaient-elles ? Quel genre de femmes pouvait bien tenir un fusil, en avoir seulement l'idée ? Et quel était ce type d'homme qui acceptait de chasser en leur compagnie sans rougir ?), vêtus de vestes en daim, de cuirs tricotés et de toiles de luxe qui élevaient la tenue de chasse au rang et au prix d'un smoking, ce smoking que Mimmo, même aujourd'hui, pour le mariage de son premier fils, n'avait pu s'offrir. « Ridicule », soupiraient les collègues en voyant passer la chasse élégante. Mangeaient-ils au moins leurs proies, ou bien les abandonnaient-ils en plein champ, une fois prises les photos de leurs trophées, ces portraits de groupe au perron d'un gros manoir avec aux pieds des chasseurs un charnier à ciel ouvert, des alignements encore tièdes de chevreuils, de biches et de cerfs, la tête révulsée, l'œil vitreux et la langue pendant hors la gueule, des amas de sangliers, des brochettes de faisans, des guirlandes de perdreaux — est-ce qu'ils les mangeaient ou les laissaient à la vermine ?

Bien sûr, mon père avait pensé à inviter Mimmo en retour, lequel s'était senti si mal à l'aise, si petit, ratatiné et bancroche, en un mot : si pauvre, qu'il avait pris ce cadeau pour une offense. « Dommage », semblaient dire les yeux contrariés du play-boy le soir où il raccompagna l'ouvrier dans sa maison à vocation de chantier.

Comme si Mimmo avait failli : passé la première curiosité polie, on s'était vite détourné de l'invité surprise (« Ton rital », avait dit en riant un homme important, et le play-boy avait rougi), si bien qu'on n'avait rien vu ni entendu des deux ou trois bévues que l'ouvrier italien, émotif et anxieux, remâcha de longues heures, le soir, en ce pénible et interminable retour en voiture, puis la nuit, lorsqu'il voulut repasser le film de cette journée, puis les jours qui suivirent. Comme souvent avec mon père, l'offense fut redoublée d'une séparation : déçu, il prit ses distances avec Mimmo. (Distances ? S'agissant de lui, c'est plutôt un mur que je vois. Un mur au milieu de la banquise. Tel l'iceberg au gré des courants, mon père en sa dérive s'éloignait ou se rapprochait selon des lois ou des aléas mystérieux.) Évidemment, l'invitation ne fut pas reconduite, mais pire encore : le play-boy l'évita avec plus de souplesse qu'un chat, ne lui adressant jamais plus la parole directement et fuyant toute situation, tous lieux où il eût pu se retrouver en tête à tête avec Mimmo.

Ingrat ? Non : aveugle, indifférent, incapable du moindre effort, ne feignant même pas de s'intéresser à vous — son air de dire : « tu ne vaux pas que je m'abaisse à cette hypocrisie ». En ce jour de mariage, par exemple, il arbore un sourire généreux et des manières charmantes avec chacun. On dirait une lointaine et prestigieuse connaissance venue saluer et féliciter le père du marié. On n'imaginerait pas que, deux ans plus tôt, ces deux hommes se réveillaient à quatre heures, buvaient ensemble un café brûlant et riaient en sourdine pour ne pas réveiller la maisonnée, puis qu'ils marchaient à travers bois et maïs des heures entières, peinant dans la boue, bravant le vent, la pluie, le froid jusqu'à la nuit tombée.

. . . .

« Je n'ai pas trouvé de pur malt. Mais un serveur m'a refilé un gin exceptionnel, à ce qu'il dit : "Bombay Sapphire", est-ce que ça te va ? »

Il regarda la bouteille au bleu pâle translucide. « Ça sonne bien, dit-il, et c'est beau à regarder. Voyons si c'est bon. » Il rit, m'attira encore, mais, au lieu de m'embrasser, me donna un coup de boule présumé affectueux, qui me fit mal et me laissa une bosse au front. « Je t'aime, mon fils. »

(J'aime le raccourci qui s'est imposé seul pour saisir sur le clavier mon fameux play-boy : < Pb >, une ironie tout œdipienne et qui dit mon papa, mon problème.)

... J'ai dit que les parents se faisaient la gueule. Ç'avait commencé le matin même, au carrefour de la porte de Montrouge, au bas de l'immeuble, sur la place où vrombissait la Mercedes toute neuve.

« Pourquoi un coupé sport pour une famille ? » a demandé Anouk. Depuis combien de temps n'a-t-il pas regardé son fils ? N'a-t-il pas vu que leur fils avait poussé d'un coup ces derniers mois, qu'il avait une taille d'homme, presque aussi grand que lui, le père ? Ne voit-il pas le gamin cassé en deux à l'arrière de la voiture, rencogné sur un espace où un chien même ne tiendrait pas ?

Aurait-il oublié son fils ? C'est cette dernière question, non proférée, qui pesait et empoisonnait l'air avare de la voiture.

Et puis, songeaient la mère et le fils : Pourquoi une nouvelle voiture, quand ce qu'il faudrait c'est un nouvel appartement, avec des chambres, un vrai plafond, un ascenseur — de l'espace, de l'air, précisément ?...

. . . .

Si Mimmo avait un temps aimé le play-boy, Fred Vitti, lui, le vénérait. C'en était parfois gênant de niaiserie — et j'étais surtout très jaloux : jaloux que mon père fût le dieu d'un autre garçon ; jaloux qu'il se plût en compagnie de ce garçon. Parce qu'il avait mon âge, j'étais censé, moi aussi, rechercher sa compagnie. Que de fois j'avais haï Fred ! sa vitesse à la course, son ardeur sur le terrain de foot, son goût pour la mécanique et le poker, toutes dispositions qui séduisaient mon père et lui laissaient mieux entrevoir ce qu'il perdait, n'aurait jamais avec un fils comme moi.

À la mi-juillet, un mois après ce mariage, Fred devait partir en vacances avec nous dans un appartement d'une marina espagnole, à Sitges, peut-être, ou Gandia, ou Benidorm, ou Benicassim. Le Pb, ça l'ennuyait les vacances. Hormis le ski nautique et le casino, tout était barbant. Mais on ne peut pas skier toute la journée, ou alors il faudrait un bateau à soi. L'idée germe aussitôt, le montage se fait très vite : un petit hors-bord, un cigare maniable et rapide, on le laisserait à la morte-saison dans un hangar à bateaux de la marina.

« Qui a dit, susurre Nush, que j'allais passer toutes les vacances de ma vie en Espagne ? J'aimerais retourner en Tunisie, rechercher mes cousins de là-bas. » Mon père écarquille les yeux, il avait oublié ces cousins-là.

Fred aussi scrute avec angoisse la cousine : aurait-elle changé ses projets ? Et si tel était le cas, l'emmènerait-on en Tunisie ?

Inès, elle, rougit, car on se souvient des fiançailles précoces d'Anouk et de Simon, le si beau cousin, à tête d'acteur, disait-on, même si personne ne tombait d'accord sur l'acteur son sosie, un ténébreux renversant, quoi qu'il en fût.

. . . .

Ceci, alors, cette photographie datée août 1951, ce qui donnerait à Nush quatorze ans tout juste, représentant une plage à l'avant-plan d'une longue jetée où je crois reconnaître le vieux port de La Goulette : ils sont là tous deux, dans l'eau à mi-cuisses, elle en bikini, costume attendrissant quand elle n'a encore aucune poitrine à cacher, longues boucles brunes ruisselant sur ses épaules, lui, le cousin amoureux, si athlétique, si radieux dans son slip de bain clair sur sa peau noire, et dont curieusement personne — ni le modèle ni le preneur d'images (< preneur d'otages > ai-je écrit d'abord, un lapsus dont mes doigts ne se déferont jamais), ni tous ceux qui ont regardé la photo ensuite, sans songer à la censurer, à la détruire —, personne ne voit qu'à l'évidence il bande, et ferme, sous le maillot. Qu'est-ce qui me fascine le plus ? L'ingénuité de cette érection ? L'idée que cet homme d'une vingtaine d'années ne sente pas qu'il bande, ou bien, l'ayant senti, s'en moque éperdument ? N'est-ce pas plutôt l'aveuglement du preneur d'images (en l'occurrence, une femme, la mère de Nush) puis des spectateurs, leur consentement très sage à ce qu'un jeune homme jouant dans l'eau avec sa cousine nubile bande en toute transparence, sa queue peu ordinaire moulée par le maillot blanc ?

Familles, vous me faites marrer.

J'aurais pu, naissant d'eux, de leur accouplement dans les ruines de Carthage un beau soir de jasmin et de fleur d'oranger, devenir moi aussi un pruneau à la tignasse crépue, à la peau noire, aux dents irréellement blanches, avec les beaux muscles bronzés d'un gamin qui va nager tous les soirs après l'école dans une mer tiède et poissonneuse ; j'aurais eu deux fois plus de chances de choper les yeux verts ; j'aurais un accent très moche, je parlerais avec les mains, j'irais à la synagogue au moins une fois par mois, j'aurais cinq ou six ans de plus, j'aurais fait du cinéma, de la musique plutôt que des livres ; je n'aurais pas fumé, pas bu, pas eu le vice à...

Môme parfait. Une autre histoire.

de raison et [illegible]
[illegible]
lecture aux autres [illegible]
[illegible]
[illegible]
[illegible]
[illegible]
[illegible]
[illegible]
[illegible]
[illegible]
[illegible]
Nous [illegible]

Roxane ne dansait pas : elle aimait fumer des joints, et papoter, et rire beaucoup. De sa voix douce et voilée — un peu lestée par l'herbe aussi —, elle tentait de m'éclairer sur nos radicelles communes. Ainsi me fut racontée l'histoire de Samy, le jumeau dépareillé.

Les jumeaux Samuel et Jacob étaient entrés à la manufacture après le certificat d'études, le premier aux fours, le second à la taille et la gravure. Ils avaient échappé d'extrême justesse à la mobilisation — nés une semaine plus tôt, ils partaient au feu —, puis ils échappèrent aux lois de Vichy grâce à leur emploi à la verrerie (« grâce à moi, prétendait la vieille au canotier, moi qui ai insisté pour les faire baptiser »). Après avoir menacé de fermer l'usine, qui consommait bien trop de bois et de charbon, lesquels eussent été plus utiles aux fonderies d'armement, les occupants décidèrent tout au contraire, sous l'impulsion d'on ne sait quel haut personnage du IIIe Reich, de relancer la production. Rueil prospérait et les jumeaux vivaient sans crainte. On leur avait attribué une de ces maisons à ménage unique qui faisaient la fierté des patrons — maisons que l'on retrouvait en photo dans tous les articles de presse, à côté des plus grosses pièces de cristal, destinées, elles, à des palais lointains, inaccessibles (les palais comme les pièces en question).

Les jumeaux étaient les meilleurs des voisins, silencieux, bien élevés et serviables — le ménage modèle de la cité modèle.

Un jour, Samy, comme les voisins et les collègues l'appelaient, s'était amouraché d'une femme rencontrée dans un bar de nuit et, après des années de tergiversation, l'avait épousée en apprenant qu'elle était enceinte. Cette comédienne, Flora, s'était fait un petit nom dans le cinéma d'après-guerre. Plutôt que les jeunes premières — celles qui brillaient au haut des affiches et des génériques —, elle avait beaucoup joué les filles perdues. Sur scène (des scènes de province, d'éternels tréteaux succédant à des foires aux bestiaux, sans jamais l'espoir d'une première ni d'une dernière à Paris), son emploi était à peine différent : une tragique, certes, mais là encore une suivante, un faire-valoir, un troisième rôle.

Pour Jacob, le choc fut ce qu'on imagine. Et

ce n'était pas leur petite sœur tardive, ce laideron d'Inès débarqué alors qu'ils étaient adolescents, qu'ils avaient à peine regardée, qui eût pu habituer les jumeaux à partager.

Mais Jacob était intelligent et ils étaient déjà passés, Samuel et lui, par des hauts et des bas — parfois, des épisodes de franche détestation. Oh ! les petites fiancées occupaient Samy un moment, elles le retenaient comme on sait — Jacob était bien désarmé —, puis, un soir de chagrin, un petit matin piteux, Samuel lui revenait, le front bas, les épaules lasses ; Jacob ne posait aucune question, il cassait la barre de chocolat noir dans la casserole de lait chaud, il faisait fondre lentement puis, au dernier moment, fouettait le chocolat à la crème double. « C'est le meilleur choco qu'on ait jamais bu, à Rueil comme ailleurs, disait Samuel. Le meilleur chocolat chaud du monde. »

C'étaient les beaux jours.

C'était avant la créature, la grande créature blonde.

Jacob était intelligent, oui : les premiers temps, il trouva fort avantageux le métier d'actrice de la nouvelle petite fiancée (petite ? : une girafe à carrure de boxeur), métier qui la jetait sur les routes la plupart du temps, loin d'eux.

Jamais Samy ne l'aurait épousée, tout le monde le savait, elle la première, si elle n'était tombée enceinte et si, prenant conscience de ses trente-cinq ans, du petit succès et de tous les faux départs de sa carrière, elle n'avait décidé de garder l'enfant.

Alors Samuel avait dû fonder famille, quitter la maison ouvrière, et voir plus grand, du côté des HLM, comme tous leurs congénères. « Il faut vivre avec son temps », dit Samuel à Jacob, et les larmes qui roulèrent dans les yeux de Jacob ôtèrent illico à Samuel dix bonnes années d'espérance de vie.

Les actrices, même moyennes, il leur faut des villes, même très moyennes. Des villes avec au moins un théâtre et un cinéma. La plus proche, à soixante kilomètres de la manufacture, était cette ville célèbre pour sa cathédrale, ses sacres d'empereurs et ses grands vins, mais où ce qui accrochait la vue, pourtant, à chaque instant de chaque coin de rue, c'étaient les soldats et tout le commerce qui va avec, les snacks à soldats, les bars à hôtesses, la maison d'abattage, etc.

L'intelligent Jacob cessa d'actionner son intelligence. Il rendit les clefs de la maison modèle et suivit son frère, l'actrice et l'enfant lové dans le ventre de l'actrice, jusqu'à ces HLM tout neufs de la ville de garnison. Dans une barre perpendiculaire à la leur, un studio restait vacant. Jacob loua le studio en assurant que de toute sa vie il n'avait rêvé plus belle issue que de se retrouver seul, enfin, dans un endroit pareil — où l'ascenseur vous donne vue sur tous vos congénères tant désirés.

La petite Roxane était née. Il y avait eu cette bêtise de feuilleton télévisé. Flora devenait une vedette. Ça ne dura pas longtemps, mais, pendant deux ans, Jacob crut que Flora était une vedette et que, comme telle, elle abandonnerait tout, mari et enfant, pour vivre sa chance : on la retrouvait chaque soir en noir et blanc, dans ce feuilleton aux décors branlants. Elle apparaissait aussi dans les dramatiques en direct. Elle faisait la couverture des nouveaux journaux qui allaient avec la nouvelle télévision. Samuel semblait tout étourdi. Jacob changeait les couches, lavait les langes ; Jacob faisait les biberons, prenait la température, tenait le carnet de santé si scrupuleusement que le médecin, appelé pour un pet de travers, était parti d'un grand fou rire en lisant la prose serrée menu et minutieuse de l'oncle Jacky.

Jacob était heureux. La gamine gazouillait et Samuel, presque heureux lui aussi, avouait : « Elle t'aime plus que nous, son père et sa mère réunis. »

Soixante kilomètres séparaient la grande ville de la verrerie, soit cent vingt kilomètres par jour : les jumeaux les faisaient sans sourciller, l'un conduisant à l'aller, l'autre au retour, roulant lentement, grappillant tant qu'ils pouvaient des minutes de solitude ensemble sur l'affreux devoir d'être normal.

Le feuilleton ne dura pas.

L'actrice lâcha son meublé parisien et les rejoignit, le temps de se remettre, disait-elle, mais de quoi au juste ? Samuel et Jacob eurent vite compris qu'une chose grave pour eux tous était en marche. Plus personne n'appelait Flora. Elle disait que les gens de cinéma comme ceux du théâtre étaient jaloux, ne lui pardonnaient pas d'avoir cédé aux avances de la télévision.

Il y eut encore quelques moments heureux.

Édith, la mère des jumeaux, ne s'était guère forcée à aimer Flora, sa bru. (Je me souviens à présent, enfin..., je crois : c'était elle, Édith, la vieille dame au canotier bleu à pois blancs, elle dont on disait qu'elle était chic, le grand chic, un peu l'exploit de la famille, la très mince, la très éthérée matriarche dans son tailleur marine, son chemisier blanc sévère juste fermé par une broche de brillants figurant un couple de colombes qu'on pouvait tout aussi bien, dans l'ambiguïté quasi siamoise des formes et l'arcature bizarre des becs, prendre pour un aigle à deux têtes. Elle ressemblait à la duchesse de Windsor. C'est dire.)

Elle voulait voir ses jumeaux mariés, pour le bon ordre des choses. Mariés heureux ? Là n'était pas son problème. Elle avait pris la comédienne faute de mieux, sans peut-être croire qu'il pût y avoir un mieux. Flora était née bâtarde, d'une fille mère, et si l'on compatissait sincèrement pour l'enfant malheureuse qu'elle avait pu être, on se méfiait de la femme adulte, sur qui resurgirait la tache une fois passée l'heure de l'innocence. Édith soupçonnait haut et fort que l'actrice serait une mauvaise épouse, vite déçue par son mari ouvrier.

Édith ne croyait pas à l'amour. Elle n'aimait pas sa bru, mais elle ne s'était pas plus souciée d'aimer sa propre fille, ce bébé arrivé par erreur, disait-elle, cette pauvre Inès. « Elle n'est pas jolie, expliquait-elle à ses commères du bourg. Ce n'est pas sa faute : les gosses de vieux ne sont jamais jolis. C'est notre faute, à son père et moi. Encore que moi... Dieu sait comment on nous traite, on nous oblige..., ce que nous endurons. » Les commères faisaient : « Oin, oin... Ce qu'on endure, ce qu'on doit pas faire pour eux ! » Édith n'avait pas été aimée. Les jumeaux n'aimaient pas leur mère ; ils acceptaient sa nourriture, ses soins, ses tricots, et lui disaient merci avec beaucoup d'onctuosité, comme à une inconnue, ou disons : une bonniche. Pour séparer les jumeaux — pour éloigner Samuel de Jacob —, Édith comptait bien sur les femmes. Qu'une femme le retienne par là où Jacob ne pourrait rien, Édith l'espérait. Mais ce n'était certainement pas pour tomber sous la tyrannie des niaiseries écœurantes, des papouilles et des « mon amour » dont cette actrice faisait grand spectacle, devant tout le monde, les parents, les voisins, les étrangers — tous publics. Le pire, c'est qu'elle était sincère.

Flora s'obstinait à voir un artiste en Samuel, ce qui lui fut magnifiquement confirmé le jour où les jumeaux reçurent la distinction de meilleurs ouvriers de France, dans la catégorie maîtres verriers tailleur et souffleur, pour une pièce monumentale réalisée en commun. Dans les annales des mofs, ça ne s'était jamais vu. Aussi furent-ils abondamment photographiés par les trois journaux locaux qui se déplacèrent à la capitale, jusqu'à la Sorbonne, pour voir le couronnement bicéphale des héros de l'année, puis leur poignée de main rapide avec le président de la République ou le Premier ministre (je ne sais plus — j'ai un doute sur l'année), ce brave bon gros de Pompidou qu'on n'appréciait guère dans la famille — le manque de chien, sans doute.

Flora était venue en grand vison et voilette à la réception. Elle fut assez bêtement photographiée entre les deux frères qu'elle tenait chacun par un bras mais, Samy souriant aux anges, Jacky serrant les dents, l'image semblait souligner comme cette femme les séparait dangereusement. Reléguée dans un coin d'amphi, négligée des objectifs et des micros des journalistes, Édith fit mine de s'évanouir dans les gradins. Abrutis de flashs et de questions, ni les frères ni l'épouse célèbre ne virent la vieille partir sur son brancard, et celle-ci se retrouva bêtement dans un lit d'infirmerie de la Sorbonne. Le triomphe de ses fils devenu un échec personnel, Édith sut très bien sur qui en rejeter la faute.

Encore le pire était-il à venir.

Voici la légende des jumeaux Rosa, Jacky et Samy : ils n'ont jamais à proprement parler travaillé ensemble, au sens où ils n'étaient pas côte à côte, dans le même atelier ni au même emploi, mais à deux étages différents de l'usine, à des emplois qui allaient devenir complémentaires — et même, disons le mot, osmotiques. Car ce que Samuel soufflait, Jacob le taillait et le gravait. Personne n'en avait décidé, ni n'avait même œuvré d'une quelconque manière à ce que cela fût : entre le rez-de-chaussée — les ateliers de soufflage, les arches de cuisson — et le premier étage — les ateliers de taille et gravure —, les pièces arrivaient par un monte-charge capitonné, anonymes, évidemment. On comprit très vite que, parmi les plateaux sortis du monte-charge, les yeux de Jacky se portaient d'emblée sur les pièces soufflées par Samy. Il les élisait entre toutes les autres, il les réclamait et, pour peu qu'on les lui chicane, il s'en emparait avec une autorité assez inattendue chez cet ouvrier taciturne et soumis. Les plus belles collections allaient naître à leur insu : car on les dupa de nombreux mois, de nombreuses années. Quand il eut vent du phénomène des jumeaux, cette collaboration inconsciente, le patron interdit qu'on leur révélât leur propre sortilège.

Aujourd'hui, sans doute, quelqu'un devrait se battre pour la réparation d'un tel abus, pour que toutes ces pièces, tous ces services à l'incroyable beauté soient enfin signés de leurs auteurs : *Rosa frères.* Je m'étonne que les enfants de Samy n'aient rien tenté en justice. Puis je me reprends : sans parler de l'inévitable peur des juges et des patrons, sans parler de cette certitude ancrée d'une collusion qui fait que le juge dîne, et baise, et marie ses enfants chez le patron — tandis que, vous, à l'autre bout de la chaîne, vous aurez qui pour vous défendre ? —, pour finir, je les comprends, je crois les comprendre, je sais ce que je pense moi-même, au fond, de tous ces objets d'exception : aucun sens, aucune nécessité, à peine l'espoir d'une trace archéologique qui intéresserait quelque chercheur dans mille ans (tout ça est si fragile).

« Les mofs », ai-je écrit non sans honte. Ce n'est pas question de paresse, ni une urgence soudaine qui me ferait user d'un si vilain raccourci : c'est bien que, malgré moi, j'en suis réduit à utiliser la langue du pouvoir, l'idiome des dirigeants. « Nos mofs », disaient les patrons (et à leur suite les directeurs, les cadres moyens et inférieurs) pour parler de ceux de leurs ouvriers qui avaient obtenu ce titre de meilleur ouvrier de France, le plus haut titre jamais atteignable dans la hiérarchie des ouvriers et artisans, et qu'il fallait mériter par la réalisation d'une œuvre personnelle présentée à un jury, puis, après l'écrit (= le construit = le jugement sur pièce), il y avait l'oral, la soumission à un interrogatoire du jury, deux ou trois minutes rituelles et mondaines, une formalité qui hantait chaque candidat.

« Nos mofs », disaient entre eux les patrons, et le chœur des cadres reprenait après eux, dans les congrès, les syndicats et les symposiums, ne pouvant s'empêcher, par vice, par terreur, et quel que soit le prestige que leur entreprise tirait de ce labeur spontané et bénévole d'un employé, ce tout-bénéfice, en somme, ne pouvant s'empêcher de dénigrer le talent de leurs ouvriers en les affublant de cet affreux acronyme, ce sobriquet laid et machinique : quelle que soit sa distinction, il ferait beau que l'ouvrier se sente des ailes, des lauriers et des prétentions ! — Qu'il rebouffe la poussière de verre, se remette aux fours et au turbin, qu'il ravale toute fierté ! *Connerie de Sorbonne*, songeaient les patrons et tous leurs vassaux.

Flora avait donné quelques spectacles dans le théâtre de la ville, des lectures, des monologues — rien de très prenant. Mais, un jour (et comme si Jacob l'avait toujours su, attendu), un metteur en scène lui proposa un engagement de pensionnaire à l'année, dans un théâtre qui avait sa troupe à demeure... et la demeure était loin, très loin de Rueil, au centre ensoleillé de la France, sur les bords d'un autre fleuve autrement majestueux, le fleuve des rois de France, disaient les manuels à l'école, rivage des grands châteaux, des fêtes galantes et de la douceur de vivre.

Samuel n'eut aucune peine à se faire embaucher chez un verrier local qui faisait des imitations très vulgaires du style nouille. Il y était mieux payé qu'à la manufacture de Rueil ; il était papa d'un petit garçon — une surprise que Flora lui avait réservée avant de remonter sur les planches ; ils habitaient une maison en pierre de taille, avec un grand jardin en pente qui plongeait dans la Loire. La maison du bonheur, se répétait Jacob dans son studio au huitième étage d'une barre, dans une banlieue d'une ville qu'il avait toujours détestée.

Jacky se laissait aller : lui, toujours tiré à quatre épingles, voici que ses cols de chemise étaient cernés de crasse, que ses gilets portaient les reliefs de plusieurs repas. Ses mains mêmes étaient moins soignées, l'ongle filé de noir (« des ongles de veuve », disaient les gens du cru — veuve, jamais veuf). Ses mains étaient surtout moins adroites : voici qu'il se mettait à casser, à ébrécher, à rayer; les doigts tremblaient, alors on dit qu'il devait boire en cachette, mais ce n'était pas vrai, pas une goutte; il fallut bien se rendre à l'évidence, ce qui clochait, c'était les nerfs; c'était la douleur de la séparation.

Samuel revint à la hâte. Il arracha son frère au sinistre HLM, et, toute la cité ouvrière étant occupée, loua un pavillon à quelques centaines de mètres de l'usine. Puis il supplia le grand patron (le père de l'actuelle grande patronne) de le reprendre aux fours, même à bas salaire, même sans l'ancienneté. Dans ses bagages, Samuel ramenait aussi Roxane et le nourrisson nommé Hippolyte. « Flora ne peut pas, toute seule, avec les représentations le soir. » Tant mieux, songeait Jacob en brossant la chevelure interminable de Roxane, « des cheveux de sirène, disait-il, de Vénus née dans la coquille

Saint-Jacques ». Le petit garçon le laissait perplexe — il remuait beaucoup trop (« caractériel, jugeaient les docteurs, donnez-lui du Théralène et surveillez »), il était bien trop grand pour un Rosa, un géant, un impudent, et n'était relié finalement au sang commun que par la promesse d'une prodigieuse toison noire et d'un iris vert prairie. (En ce jour du mariage de Franck Vitti, le gamin avait dix ans et déjà une longue natte indienne qui lui tombait au milieu des reins. Il ne tolérait pas d'être écarté et nous pistait, Roxane, Fred et moi, nous harcelait les talons jusqu'à nous dénicher dans les lieux les plus tordus. Il était doué à la filature. La nuit entière, il nous poursuivit dans tous les recoins de l'auberge, dans tous les fourrés de tous les jardins de l'auberge où nous nous cachions pour fumer loin des narines parentales. (Nous reparlerons d'Hippolyte : pour l'heure, laissons-le dans l'ombre discrète et le cocon de ses dix ans, dans le mi-clos de ses paupières mal dessillées et de son prépuce vierge.))

... À l'usine, quand Samy demandait, d'un signe de tête au plafond, si là-haut, à l'atelier de taille et gravure, Jacky se comportait mieux, son collègue secouait la tête, désolé, non, ça n'allait pas mieux. Jacky ne reconnaissait plus les pièces de Samy à la sortie du monte-charge : il prenait n'importe lesquelles, indifférent, presque hagard, avec autant d'entrain qu'un prisonnier se rendant à son atelier de scoubidous.

Quelque chose était fêlé chez Jacky. Le cœur ? la tête ? on ne savait pas — quelque chose voulait en finir. On ne répare pas un cristal fêlé. Ça ne se peut pas. On le jette.

Roxane s'ennuyait, réclamait ses amis, son ancienne école. Hippolyte virait à la toupie. Comme pour leur venir en aide, Flora fit une vilaine chute en scène, un accident qui la cloua au lit, paralysée pour de longs mois. Les enfants plièrent à nouveau bagages et cahiers de classe, ils s'en furent retrouver leur mère à Orléans. Alors commença l'enfer. Les milliers de kilomètres chaque semaine. Les larmes de Jacob, les larmes de Flora. Les retards à l'usine, le sommeil qui vous prend n'importe quand, n'importe où, sur la route, devant les fours. La garde-malade de Flora qui demande double salaire pour être aussi la nourrice des enfants. Et les scènes, Flora hurlant que non, jamais, jamais elle ne refoutrait les pieds à Rueil.

« Un an, se souvenait Roxane, toute une année, ça a duré. »

Flora perdit pied à son tour. Elle devint cette femme étrange que je voyais en ce jour de liesse obligatoire, cette femme en marge de la noce qui ne parlait à personne, ne bougeait pas de son recoin de table et grillait, les yeux dans le vague, des cigarettes à bout doré qu'elle allumait l'une sur l'autre. « Neurasthénique », chuchotait-on parmi les noceurs, comme on eût dit lépreuse, pestiférée. D'ailleurs, on n'approchait pas.

« Je suis le père et la mère réunis », écrivit Jacob sur un billet adressé à son frère, que seul son frère comprendrait. Et il délivra Samuel.

Il était tout recroquevillé, roulé en chien de fusil, retourné en enfance et à l'abri dans le berceau que formait à cet endroit du fleuve une vieille souche d'arbre coincée entre deux rochers. N'aurait été la difformité de son visage gonflé, aux tissus déjà rongés, il aurait eu l'air de dormir — d'être parti dormir au fil de ce grand fleuve chagrin, son fleuve à lui, un fleuve tourmenté de l'Est charriant autant de légendes tristes que de boues polluées, autant de sirènes folles et de sorcières amoureuses que de mariniers succombés —, retrouvé là, flottant parmi les sacs plastique, les bidons d'huile de moteur et la mousse jaune des eaux acides.

« Je hais cette terre », dit simplement Roxane.

De sa bouche, j'appris enfin quelque chose qui me stupéfia : ce n'était pas dans un joli verger normand, sous les pommiers, comme je l'avais toujours cru, que le jardinier Gabriel avait brûlé vif, prisonnier de son mètre cube de tourelle. C'était là, dans la plaine à betterave, sur cette terre, oui, l'allumeuse des guerres engraissée au sang et aux cendres des gamins crevés — à douze kilomètres de Rueil, tout juste.

« Je hais cette terre », confirma Nush. Elle paraissait si triste, si déçue que même Roxane s'en voulut d'avoir dénoncé le mensonge — ou disons : l'arrangement avec les rêves d'une toute, toute petite fille qui attend que son papa rentre de guerre. Une mort sous les pommiers en fleur..., le jardinier ravi au jardin d'Éden..., cela avait encore de la gueule. Une forme de cohérence. Désormais, qui donnerait un peu d'allure à ce destin si moche, si lamentable — si absurde ?

Là-haut, dans le grenier de la maison Vitti, sur un vieux matelas où nous avions étendu une couverture trouée aux mites, Roxane et moi, on baisait. Comment imaginer, deux étages plus bas, ce résidu de convives : une vingtaine de spectres avachis et piquant du nez sur un bol d'une soupe qui fume et sent les pieds ?

Je vois une scène flottante, comme flottent dans le bouillon jaunâtre et huileux les lamelles translucides d'oignons odorants, les croûtons bruns brûlés dans le beurre noir, comme flottent aussi les fils de gruyère fondu avant de former des boulettes épaisses que les bouches tètent et aspirent tout rond avec reconnaissance. L'image est floutée, la lumière faible. Pourtant en ce petit matin de juin où un soleil précoce traverse à peine les persiennes, les faces paraissent surexposées, comme brûlées. Les yeux sont encore plus rouges, les paupières bouffies, les peaux friables, les épaules accablées.

Embrumées, envapées, leurs paroles font des bulles en l'air, volettent et crèvent au grand néant.

Elle, Nush, dans sa robe bleue, se sentant soudain flétrie, abusée : « Il faudrait que je me change, rentrer à Paris avant les embouteillages. » Et lui, l'homme enfant qui n'écoute pas. « Appelons Will. Où est Will ? »

Comme perdue. Le chignon en ruine, au bout d'une mèche échappée pend une étoile bleue.

Ne mange pas. « Mais quand mange-t-elle ? » se lamente Inès qui ne serait pas fâchée de voir la cousine prendre du gras de l'âge, faute d'avoir pris le mou des maternités. « Ah ! fait Inès, moi qui rêverais de me remplumer, je ne comprends pas que tu cherches à être maigre. » Anouk la regarde, ahurie : « Je ne cherche rien. Je n'ai pas faim. »

Mimmo : « Fous-lui la paix. Elle est parfaite comme ça », et sitôt dit, il rougit de confusion, implore de son regard battu le pardon de son épouse. Alors il bafouille, piteux : « C'est vrai qu'on ne t'a pas vue manger depuis hier. Il faut prendre des forces quand on n'a pas dormi », et la tablée d'opiner d'un même front, contrainte d'approuver, sachant bien que la cousine est mince et que c'est beau précisément, que c'est comme le cristal, une tentation de s'approcher du cristal, du diaphane, de la lumière extrême, de la pure transparence, du grand rien divin.

Mais personne n'avait vraiment faim ni soif, vraiment envie de cette soupe couleur d'eau de vaisselle où des fils de gruyère s'amalgamaient. Ils étaient là, présentant tous les spécimens de l'usure humaine : les faces rouge apoplexie, les faces de carême plâtreuses et s'effritant, les faces jaunâtres de cire fondue. Mais on lapait cette soupe ; tout de même, parce que ça se faisait, comme on préparait l'atroce réveil scatologique des mariés dans un pot de chambre empli de champagne et de chocolat noir fondu (qui a inventé ça ? qui donc, que l'on n'aurait pas décérébré et longuement torturé avant de lui trouer la tête d'une salve ?), parce que cela aussi, pour certains (cette bande de jeunes gars échauffés qui tenaient cette coutume de leurs aînés, frères, pères, tout cela se répétant non dans la bêtise mais dans l'aveuglement, personne ne se posant la question de cette bénédiction postcoïtale, cette eucharistie de merde et de pisse, sa signification réelle, tout cela s'accomplissant donc à l'insu et l'aveuglette, dans l'angoisse commune des générations), cela se faisait, même si le playboy me raconta ensuite sa gêne, et la nausée dont fut prise Nush à la seule description du pot — vomir comme on aurait pu pleurer, tout aussi bien.

Les discussions moulinent, passées au ralenti,

et tout s'amortit sur les langues pâteuses — Oh! les passions qu'on voudrait bien secouer encore! percluses, éteintes par la fatigue.

C'est alors que je l'imagine, Fred, il dévale l'escalier de bois et le fait hurler à toutes ses jointures, toutes ses chevilles. Il crie lui-même.

« Savez pas ce que j'ai vu au grenier? »

Gens de la soupe : « Une souris? Un fantôme? »

Fred : « Roxane et Will! Roxane avec Will! »

Gens de la soupe : « Ils se bécotaient? »

L'autre bétasson fait signe que oui.

« Flirter, c'est de leur âge », dit le play-boy, réveillé soudain, diverti soudain.

Mais Fred a toujours été mal à l'aise avec ces choses-là, sexuelles ou simplement corporelles. Il n'a pas voulu réveiller son frère et sa toute fraîche belle-sœur avec le pot symbolique, trop choquant; Fred n'est pas le genre d'adolescent pénible à vous assommer d'histoires salaces, d'exploits mythomanes, de prétention surhumaine; je l'imagine, alors, rougissant jusqu'aux oreilles et baissant les yeux derrière ses épaisses lunettes : « Flirter? Euh... un peu plus, je crois. »

Le Pb, inquiet : « Un flirt un peu poussé? »

Nush écarquille les yeux dans une expression de terreur (ce n'est pas que je m'en souvienne, mais je sais le récit de mon père : « la tête de ta mère, tu l'aurais vue! », puis les commentaires du cousin Fred sur l'étrange expression de Nush, « défaite, disait-il, comme vaincue »).

Nush a baissé les yeux sur son bol. La vapeur du bouillon l'aide à cacher sa tristesse, le sordide des choses. Les hommes se sont levés de table et forment une petite bande autour de Fred, le pressant de questions qu'il ne comprend pas toutes, implorant des détails que le garçon n'a pas cherchés. Mimmo se tourne alors vers Nush : « M'est avis que ton fils est un homme, ce matin. »

Gens de la soupe : « Ton fils n'est plus ton petit, ce matin. Ton fils a déniaisé. » Et tout le monde rit, d'un grand rire ébréché. Dans le rire des hommes tu entends l'angoisse du viol, l'impuissance, rarement la jouissance. Dans le rire des femmes tu entends le viol, la frustration, rarement le plaisir.

Elle a pâli, les yeux sont écarquillés, douloureux, les cernes y rongent des abîmes. « Qu'est-ce que tu racontes? » balbutie-t-elle, et ses yeux se mettent à cligner, elle blêmit encore, on dirait qu'elle va s'évanouir ou vomir encore : « Qu'est-ce que tu dis? proteste-t-elle, incrédule. Mon fils n'a pas quatorze ans. » On rit, on se tape les cuisses dans le salon et Mimmo a des dictons tout prêts pour parler du nombre des années, de la virginité et de toutes ces choses-là du corps, du temps passé par les corps. En fait de femme affranchie, elle est bien naïve, la cousine de Paris.

Gens de la soupe : « Ce matin, tu as perdu ton fils. »

Vieille femme de la soupe : « Ce matin, tu es la mère d'un gaillard. Bon pour partir au feu ! » Ayant dit, elle fixe son bol de soupe et éclate en sanglots. « Ils te le tueront, va ! beau comme il est, ils te le prendront et le mettront en première ligne. La curée est meilleure quand le sacrifié est beau. »

« Je veux rentrer, répète Nush, rentrer avant les bouchons du dimanche soir », à peine un murmure, un chuchotis noyé dans les éclats de voix viriles, le play-boy enlaçant ses épaules : « Les embouteillages ? Il est sept heures du matin, Nushka, on a le temps. Et puis on attend Will, on ne va pas laisser le gosse ici », et elle, le dévisageant avec un triste sourire : « Ah non ? Il peut pas prendre le train ? Ce n'est pas un homme, maintenant ? »

Je n'étais pas sur la dernière marche que je la vis, pâle, les traits creusés, ses grands yeux noirs noyés, qui guettait avec anxiété la progression des pas dans l'escalier — et sans doute avait-elle reconnu mes pas. Au bas de l'escalier, je lui souris, elle baissa les yeux, détourna le visage vers la pénombre. Je crus voir rougir ses pommettes. J'eus beau chercher son regard toutes les heures qui suivirent : je ne rencontrais que son profil clos, son front humilié. Elle m'évitait, me fuyait comme si je l'avais trahie (du moins le croyais-je).

Roxane descend à son tour. Sa longue robe couleur feu est franchement fripée. Je vois le play-boy écarquiller les yeux sur elle, tendre, fasciné aussi, puis il se penche à l'oreille de Nush. Je l'imagine bien, demandant ou plutôt : mendiant pour moi l'approbation de ma mère : « Elle est belle, la gamine, non ?

— Elle a du chien, oui, beaucoup d'allure.

— C'est de famille, chuchote-t-il, ses lèvres effleurant l'oreille de Nush qui frissonne (satin, velours, jus de gitanes). Elle te ressemble vachement.

— Non, elle ne me ressemble pas tant. Elle peut avoir un air. Elle tient de son père et son père a quelque chose du mien : le cheveu noir, le teint basané, les yeux verts. Mais elle est crépue, elle a un nez trop long, des dents un peu de traviole. » Le Pb sourit en coin mais ne proteste pas.

« Viens, dit Inès à sa cousine écrasée de moqueries. Viens, ils ne comprennent rien. » En douce, elles s'éclipsèrent par le colimaçon et l'escalier se fit discret, bienveillant, grinçant à peine sous leur poids plume...

[illegible] clos, son front bombé. Elle m'évitait, me tirait comme [illegible] le [illegible] qui [illegible] le [illegible].

Roxane descend à son tour. Sa longue robe [illegible] est [illegible] après le [illegible] vers le [illegible] les yeux sur elle [illegible] il se permet à l'oreille de [illegible], [illegible] ou plutôt [illegible] pour moi l'approbation de ma [illegible] : « Elle est belle, la gamine, non ? »

— Elle a du [illegible] d'allure.

— C'est de famille, [illegible] [illegible] l'oreille de [illegible] [illegible] pas de [illegible]. Elle te ressemble [illegible].

— Non, elle ne me ressemble pas tant. Elle peut avoir [illegible]. Elle tient de son père et son [illegible] à quelques [illegible] [illegible] [illegible], [illegible] elle [illegible] elle n'est [illegible] un peu [illegible]. Le [illegible] ne [illegible] pas.

[illegible] à sa [illegible] [illegible] [illegible] [illegible] la [illegible] [illegible] [illegible] et [illegible] de la [illegible], [illegible] [illegible].

Quelle heure pouvait-il être quand nous avons quitté l'auberge du Coq hardi ? Les noceurs noçaient encore, un peu moins vaillants cependant, et le volume des voix comme celui de la musique avait sensiblement baissé dans notre dos tandis que nous rejoignions le parking de l'auberge (ce fut sans doute le premier instant où se matérialisa pour moi la donnée un peu abstraite de nos âges respectifs) et qu'elle ôtait en riant ses cothurnes lacés au mollet pour mieux glisser dans l'allée de gravier, ajoutant qu'elle conduisait toujours pieds nus. Lorsqu'elle eut ouvert nos portières (la mienne d'abord, en signe d'égard qui me fit rougir et me flatta curieusement, car c'était un geste d'homme, bien sûr, un geste que mon père accomplissait les jours où il était bien luné, ou disons pas assez distrait pour manquer aux règles premières de la galanterie, accomplissait à sa façon élégante à lui, tout en froideur, en dédain animal), de sorte que déjà (et tandis qu'un peu plus tôt, dans l'allée de gravier, la soutenant par un coude pour l'empêcher de trébucher, puis l'enlaçant mâlement par la taille, j'avais le sentiment de vivre mon premier grand moment de cinéma, l'un de ces films où l'homme, enfin, prend congé d'une foule assommante et fuit avec sa maîtresse, l'enlève vers quelque fontaine romaine ou, plus empressé, plus sexuel, vers certaine mansarde d'un hôtel fané du Lido), déjà, en ouvrant cette portière pour moi, en remontant haut sa robe gypsie sur ses cuisses pour libérer ses chevilles au plancher du véhicule, en mettant enfin le contact et démarrant sportivement sa pauvre vieille guimbarde tel un Fangio sa dernière Ferrari, Roxane inversait ou du moins réinventait pour nous les règles : elle prenait les commandes de notre nuit avec celles de sa voiture. J'eus alors, dans un mélange de terreur, de fierté virile et d'excitation confuse, la nette révélation de ce que signifiaient nos âges — qu'elle était en âge de conduire, d'avoir une voiture et de la mener comme un homme, que j'étais en âge d'être mené et protégé. Mais cette obscure excitation que j'éprouvais (encore est-ce un bien grand mot, car j'étais éprouvé bien plus que je n'éprouvais, et cette « chose », cette tension, cette presque jouissance me traversait sans s'éclairer d'un mot ni même d'un registre du vocabulaire), indicible, donc, mais dont j'aurais pu dire, pourtant, que je la pressentais équivoque, ou perverse, ou disons plus modestement et en rapport avec mes quatorze ans : pas normale, cette pulsion dont j'étais le jouet aveugle et sourd n'avait peut-être pas tant à voir avec nos âges et sans doute même rien à voir avec la personne de Roxane. Oui, je devinais, comme si l'on apprenait plus volontiers à normer les têtes qu'à nommer les émotions, je savais qu'un garçon normal, à ma place, aurait été frustré de cette position de passager, et, considérant comme une humiliation de ne pas conduire les opérations, il aurait tout fait pour arracher le volant des mains de sa partenaire, quitte à se ridiculiser au passage des vitesses ou à emboutir le premier arbre venu. Qu'un garçon normal n'aurait pas été à ma place, précisément.

J'ai oublié comment Roxane s'y prit pour m'informer qu'elle prenait la pilule (« Il n'y a rien à craindre », dirait-elle, et l'autre, le puceau, se mettrait à trembler comme une feuille intouchée, ayant tout à craindre, au contraire !...), mais les mots furent clairs, précis, en même temps que tendres. J'ai oublié les termes exacts, pas l'intonation qu'elle y mettait. Je crois qu'à la seule façon dont elle prononça les mots, l'angoisse disparut. Tout est dans la manière, disent les vieux, vieux, vieux.

. . . .

Qu'elle me chevauche, oui, me mène, me dirige en tout point, j'aimais cela (dans mon souvenir, au moins, j'aime ça), et je crus quelques semaines, quelques mois, c'est-à-dire jusqu'à la prochaine fille, qu'ainsi se passaient les choses avec les femmes, que c'était l'ordinaire, le normal, sans rapport avec les assauts, les grossièretés et les humiliations décrites (expérimentées ou fantasmées) par mes camarades de collège et mes voisins loubards, non qu'elle n'y mît pas quelque violence — ainsi la pression curieuse, puis furieuse, puis douloureuse qu'elle exerçait sur mon pubis en retombant de plus en plus vite, brutalement, et passait les mains sous mes fesses, me tirait à l'arrière des cuisses pour m'enfoncer plus avant dans son corps à elle, nos deux sexes comme avides et désespérant de trouver un terme à cette quête, cherchant à atteindre un comble absolu qu'aucun arrangement d'organes ne pouvait satisfaire, le terme peut-être de ce désir fou d'une plénitude perdue, et cette passion (le mot est inévitable) qu'elle mit alors, dans la douceur et dans la fermeté, à lutter de nos deux corps, de nos deux sexes, pour se rapprocher du comble inatteignable, m'emplit non d'effroi mais d'un amour ou disons : d'une gratitude totale. Je compris enfin, ce matin-là, dans le grenier de Rueil, pourquoi les gens se disaient « je t'aime » — un peu comme on dirait : « merci d'avoir essayé ». Les années peuvent s'enfuir, les passions se succéder : aimer se traduit très bien par le verbe essayer. Leur synonymie se fait à chaque rencontre plus évidente. — Essayer, puis essuyer.

Roxane parle d'avenir. Elle me reprend le papier des mains (« Non, tu ne sais pas, je vais te montrer », et elle se moque de moi quand j'appelle Riz-la-Plus le papier à cigarettes siglé « Riz la + », qui se dit Riz la Croix, bien sûr), elle chauffe le shit puis l'émiette avec le tabac, roule tous ces brins en un joli cône, puis scelle le tout d'une caresse de la langue hyperélégante. Elle parle des voyages à faire, de tous les métiers à ne pas faire, des vies à ne pas mener. L'Inde, l'Asie en général m'étonnent : je ne rêve que de New York, de nuits électriques et de foules surexpressives. Je n'ai pas encore l'âge où l'on se demande ce qu'on fera de sa vie, non. Et même plus tard dans la vie : je ne me demanderai jamais à quoi l'occuper. Pour la raison qu'elle était occupée déjà, depuis l'enfance, par les livres des autres, les films des autres, les musiques et les formes des autres. Que tous ces autres écrivaient, étaient en train d'écrire ma vie bien avant que j'aie moi-même la connaissance, la maturité, l'autonomie pour le faire. Non, jamais je ne me suis demandé : Que vas-tu faire ? C'était déjà tout écrit.

J'ai voulu faire le fier, parler de mes premières manifs. Roxane aimait les manifs, une forme de jouissance physique, me dit-elle, à être soulevée, emportée par la foule. Et cette joie de chanter, de siffler, de huer, de hurler à en cracher nos poumons rose bonbon, cette blague de détaler quand les CRS chargeaient sous les bombardements de lacrymo, on riait, on pleurait, on avait mal et c'était bien — ou disons, ce n'était rien d'autre, rien de plus qu'une façon de prolonger l'enfance, de passer d'un jeu à un autre, d'un devoir à un autre, d'inventer une humanité, un espoir pour l'humanité, comme si cette espèce humaine, plus que n'importe quelle autre à l'intérieur du règne animal, avait besoin d'encouragement pour se préserver et se perpétuer.

J'ai bien parlé de femmes et de filles. Ma rencontre à l'automne suivant, où j'entrai au lycée, dans une manifestation antifasciste qui réunit les deux lycées de Sceaux, d'une brillante élève de Marie-Curie, jolie et sans éclat (« sans chien », aurais-je pu dire à mon tour), me laissa mesurer combien Roxane était une femme. L'effroi, je le connus alors, dans ma chambre où cette fille se déshabilla, ôtant la jupe, les collants, le soutien-gorge, ne gardant que la grande culotte blanche assez incongrue de pensionnaire (pourquoi ? je veux dire : pourquoi la culotte quand on a jeté tout le reste aussi facilement ?), puis se coucha sur le couvre-lit d'indienne et se mit à sourire, rosissant à peine, s'étonnant sans doute de me voir encore vêtu, assis au bord du lit, à contempler vaguement interdit, sans doute embarrassé, sa peau trop blanche, laiteuse et molle, et sans cesser de sourire me prit la main, la posa sur cette gorge tiède qui haletait, ferma les yeux puis entrouvrit les lèvres, jouant sa pâmée, et tout ça sans plus bouger ni montrer qu'on pourrait se remettre à bouger, médusée, indolente, attendant quoi ? grands dieux ! qu'un homme fasse glisser la culotte, et, lui écartant les cuisses, monte s'affairer sur son ennui de peau glabre et blanche (les femmes d'autrefois disaient cela, certaines le disent encore en campagne : « faire sa petite affaire » en parlant de l'homme au coït, forme rigoureusement intransitive, d'où la femme est absente, et qui n'envisage rien d'autre que l'homme se masturbant dans la femme) — et c'est bien long, un ennui d'un mètre soixante, bien plat et pesant, un gisant de cinquante kilos lorsqu'il faut ranimer tout ça, ce fardeau absent ou disons : attentiste. « Tu bandes ? » demanda-t-elle enfin, deux mots qui, lancés dans le silence de la chambre, nous firent l'effet d'un joli tintamarre et nous revinrent en écho telles deux gifles cuisantes, nous faisant rougir tant ils étaient ridicules, tant à l'évidence je n'avais pas l'air de bander mais plutôt de débander à tout-va : si seulement nous avions été dans sa chambre plutôt que la mienne, n'importe où ailleurs, j'aurais fui dans la minute. J'aurais dû avoir honte, m'inquiéter, me sentir incapable, recalé et triste, au lieu de quoi une révolte montait en moi, révolte non pas contre celle dont je ne saurais citer avec certitude le prénom, mais contre une éducation collective (un élevage, serait le mot) dont nous étions elle et moi, à l'évidence, les bêtes piégées et qui nous contraignait, tels au cirque le chien soumis et l'otarie joueuse, à cette distribution des rôles si humiliante, elle en caricature d'ingénue libertine, moi en dadais impuissant — cette pornographie malgré nous.

« On ne va pas se raconter d'histoires », avait écrit Roxane depuis son bord de Loire en une courte réponse à ma première lettre (et la dernière, conséquemment). « Je ne viendrai pas te voir à Paris, et je ne te vois pas non plus venir ici. J'emménage le mois prochain avec quelqu'un. Dont je ne t'ai pas parlé. J'étais heureuse de faire ta connaissance. Peut-être nous reverrons-nous un jour dans une de ces réunions de famille si fastidieuses. Ton amie, Roxane. Post-scriptum : T'a-t-on déjà dit que tu écrivais bien ? Je n'avais jamais reçu de lettre aussi étonnante. Tu devrais fouiller ça. Oser de ce côté-là. »

La peau de Roxane, on n'a pas honte de l'écrire. C'était un parfum d'herbe tiède, de mousson et d'enfant endormi. Une peau comme une pluie d'été.

Cette peau me fut incorporée. Elle est à moi. Libre à moi de l'imprimer, ou pas.

... *en douceur, en musique peut-être,* en couleur si possible, à mots feutrés, à mots précautionneux avant que leurs voix blanchies de fatigue ne s'éteignent, ne se fanent au lointain

comme elles chuchotent..., l'une nasille un peu, déraille dans les aigus qu'elle étouffe comme elle peut ; l'autre aurait plutôt un voile dans la voix, une raucité qui lui donne aussitôt une couleur chaude, orientale bien qu'elle ait surtout, en fait d'accent, une pointe de la gouaille parisienne,

tandis que dehors la courette régurgite les derniers invités de la noce

en douceur, oui, autant qu'on le pourrait dans cette chambre aux murs de béton nu où deux femmes elles-mêmes torse nu se font face et se regardent, une autre scène, oui, sans doute, une autre façon de dire eût été plus convenable pour clore les festivités, une façon moins brutale, mais c'est celle que je vois, celle que j'entends, moi, c'est elles deux que je vois, repliées au premier étage, en retrait des autres, cette masse de viande soûle ou à peine dégrisée sous leurs pieds, cette masse gonflée de soupe à l'oignon qui rote à présent, et pète avec des rires outrés, qui se bise dans la cour et se promet des revoyures qui sont peut-être pour demain, peut-être pour jamais

le play-boy, insistant, râlant en secret : « Horreur des ouvriers ! Horreur du chantier ! Horreur des latrines dans la cour ! Libérez-moi ! Rendez-moi à ma ville, mon pavé, mes fortifs et mon stade Charléty ! Anouk, descends ! Will, rapplique immédiatement ! Où que vous soyez, venez, libérez-moi ! »

c'est elles deux dans ce petit matin et pour chacune la peur, peur du regard de l'autre, du spectacle de soi, peur de la sanction, de l'amputation, de l'irréparable, Inès a peur de se découvrir, Anouk a peur de découvrir, « Tu veux que je te montre ? » a demandé la cousine, et Anouk ne voulait rien sauf fuir, mais elle n'a pas bougé de la chambre, elle a dit : « Oui, montre-moi, je suis sûre que tu te fais des idées, que ce n'est même pas vilain », Inès a ce tremblement dans le regard au moment où elle dégrafe son soutien-gorge et fait glisser la bretelle à son bras gauche pour dévoiler son sein (la cicatrice à la place de son sein), Anouk rougit et tremble aussi, si elle devait parler il lui semble que sa voix chevroterait mais il n'y a rien à dire, d'abord, qu'à regarder, mater et avoir peur du même traitement, de la même violence, elle frissonne et bien malgré elle, dans un mouvement de réflexe de bête traquée, serre ses bras sur son torse, sur ses seins à elle, les protégeant d'on ne sait quel mauvais sort qui vous viendrait rien qu'à regarder les choses interdites... Peut-être qu'elle en veut alors à la cousine Inès de cette intimité pénible, cette gêne pour chacune (et comment dire ?... non pas impudeur : elles n'étaient pas pudiques entre elles, enfants puis adolescentes, non pas indécence : les gestes sont économes et dignes, les mots de cette scène quasi muette pesés un à un, et les yeux seuls de la cousine implorent l'indulgence, la commisération, voire un joli mensonge enrubanné : des yeux de chiot ou d'enfançon se livrant corps et âme), peut-être lui en veut-elle de sa confiance, donc, qui la prend au piège des émotions et la contraint à raconter des sornettes ou, étant sincère, à se montrer cruelle : « C'est la première fois que j'ose me montrer comme ça, répète la cousine, dis-moi la vérité », et joignant le geste à la parole elle décroise les bras, montre la cicatrice qui lui barre le côté gauche, le menton tremblant toujours mais se relevant un peu, digne et cherchant courage, comme si l'héroïsme de cette mise à nu corrigeait un peu la diminution de son corps, comme si nos corps honteux recelaient et dissimulaient une vérité supérieure, la seule vérité dirait-on, de sorte que chaque écorchure, chaque amputation d'une partie de l'enveloppe méprisable aiderait à voir et à sentir à l'intérieur cette chose non charnelle et intangible, ce charabia magique, ce fumet grandiose qu'on appelle une âme. « La première fois que j'ose, bredouille-t-elle, même à lui j'ai pas pu, je me déshabille dans le noir, on fait ça dans le noir, je refuse qu'il me touche là, je repousse sa main dès qu'il approche de là, alors il n'a plus tellement le cœur à... », Nush écoutant, n'écoutant pas, regardant, ne regardant pas, cherchant la façon de se tenir, les mots à dire, et pour finir l'évocation du mari l'inspire, l'aide à détourner : « Tu ne devrais pas t'occuper tant de lui, pour une fois ne penser qu'à toi, mais je suis sûre que ton mari te trouvera jolie même comme ça, parce qu'il est bon, Mimmo, tu as de la chance, c'est un homme merveilleux, affectueux, unique, et il t'aime tant qu'il n'est pas sûr qu'il y verrait une différence », la cousine Inès la regardant interloquée, songeant qu'elle exagère tout à coup, de quel homme merveilleux parle-t-elle, Anouk, flanquée d'un play-boy idéal, son prince de la zone, jeune, beau et bientôt riche, qui a eu la délicatesse de ne lui faire qu'un enfant?..., de quel corps inchangé, elle, avec son décolleté parfait, ses appas plongeants, ni trop, ni pas assez,

avec sa taille de guêpe et ses cuisses hautes, de quelle chance parle-t-elle ?
et voici qu'Inès a sorti du soutien-gorge une coque de mousse blanche, on aurait dit une petite méduse comme on en trouve, crevées, le ventre en l'air, sur le sable après les marées, elle a malaxé la forme dans le creux de sa main, disant : « Vois », disant : « C'est tellement rien, juste un peu de rembourrage. »

« Regarde, au moins ! dit la cousine. Regarde et répète-moi que ce n'est rien. »
... *sans brusquer, non, sans rien abîmer*, mais s'étonner de les trouver là, dans ce décor hostile d'une maison de béton brut, parmi ces murs hérissés de ferrailles, de chandelles et d'étais, ces cloisons hirsutes qui arrachent les coudes et lacèrent les bras
en douceur, les cueillir au creux de ces pages comme on les prendrait dans des bras de mémoire, réchauffant leurs corps abîmés, si jeunes que déjà perdues, vieillies, les articulations bousillées, les os effrités, le cartilage usé par une corrosion expresse qui se serait emparée des corps, de leurs corps ouvrieux, oubliés, oublieux d'eux-mêmes, impuissants pour eux-mêmes, eux-mêmes s'épargner, se protéger, se dorloter et se border au lit le soir.

« Il faut ouvrir », avait annoncé le chirurgien dans son cabinet privé de l'avenue du Maine, en ce soir des dernières retouches à la robe bleue. « Vous êtes déçue ? » avait-il demandé à la jeune femme qui le regarda, médusée. « Déçue ? répéta-t-elle. Le mot est faible. » Elle est là, la robe bleue, jetée sur le lit telle une dépouille, un trophée, peut-être, mais de quelle victoire ? Souillée de nuit, de sueur, sentant le blues.

Ceci alors, dans la chambre nue, ce dialogue peut-être, arraché à l'extinction des voix, dans l'éblouissement du soleil qui se lève pile au milieu de la glace de l'armoire :

Inès : « Fais voir cette boule. »

Anouk, s'affolant, balbutiant : « On ne la voit pas, elle n'est pas si grosse. On la sent seulement sous les doigts. »

Inès : « La mienne non plus on ne la voyait pas. »

Anouk : « Je ne supporterais pas qu'on me le retire. Je crois que je préférerais mourir. »

Inès : « On dit ça. On dit toutes ça. Mais tu verras. Enfin..., j'espère que tu ne verras pas, que pour toi ce sera un bobo de rien. On s'habitue à l'idée, parfois je pleure, mais je suis en vie. »

Anouk : « Mon toubib dit qu'on peut vous reconstruire un sein maintenant, avec un bon chirurgien qui ne soit pas un boucher et qui s'y connaisse en esthétique. Que le résultat est fantastique. Ils sont plus chers, ils opèrent dans le privé, mais ça vaut le coup, non ? »

Inès la dévisage, sans voix, elle qui fut charcutée à l'hôpital public de la région, traitée par un type qui avait disparu depuis, muté charcutier ailleurs, peut-être, ou bien installé douillet dans le privé, comme le mandarin d'Anouk.

Inès, le feu aux joues : « Il dit ça, ton toubib ? Tant mieux pour toi, tant mieux. Si tu peux te le payer, fonce. »

Anouk, hagarde : « Je crois que je me flinguerais. Plutôt la mort que l'amputation. » Puis elle rougit : « Pardon. Je ne voulais pas te blesser. »

Inès : « Tu veux que je te fasse rire ? Tu sais ce que m'a sorti Franck quand on m'a opérée ? "Dans l'antiquité, il me fait comme ça, les amazones se coupaient un sein pour pouvoir tirer à l'arc et les hommes trouvaient ça très beau." »

Anouk, ôtant ses anglaises postiches, décrochant les étoiles bleues, les marguerites, les edelweiss : « Ça les a toujours excités, les types, de nous couper quelque chose, de nous écraser, de nous déformer. Comme les femmes girafes, les négresses à plateaux. » Elle grimace, contracte le menton et étire sa lèvre inférieure vers le bas, singeant les images de magazines ou les cires du musée de l'Homme.

Inès : « Tu es folle, des fois, je te jure ! Négresse à plateau, pfft ! Mon Mimmo n'est pas un sauvage. »

Anouk, ayant détaché son chignon et se grattant le crâne avec une grosse épingle à cheveux : « Hmm ! Pas sauvage, pas sauvage... J'espère pour toi qu'il l'est quand même un peu, de temps en temps. »

Elles rient, tant bien que mal. Inès a porté la main à son aisselle : depuis qu'on lui a fait les ganglions, si elle rit trop fort, le torse secoué envoie dans tout le bras une décharge électrique.

Anouk : « Tu crois qu'ils en font quoi ? »

Inès : « De quoi tu parles ? »

Anouk : « Le sein qu'ils nous tranchent, ils en font quoi ? Le foutent à la poubelle ? Simplement à la poubelle, comme ça ? Ou bien est-ce qu'ils nous débitent plus fin, qu'on part en lamelles sous les microscopes des étudiants ? »

Inès, hurlant : « Tais-toi. Tu es folle. Tu n'as pas le droit. Tais-toi. Avec des idées pareilles, jamais tu ne guériras. »

Je la vois, ma Nush, protester alors, mais comme une gosse craintive : « Je ne suis pas encore malade. »

Inès : « Non. Mais tu as déjà pris rendez-vous avec celui qui te rendra ton sein perdu. »

Anouk, baba : « Comment tu sais ? »

Inès : « Suis-je pas ta vieille cousine des heures tristes ? N'ai-je pas toujours veillé sur toi ? Qui te serrait dans ses bras quand tu hurlais la nuit que tu voulais ton papa ? Qui séchait tes larmes d'un coin de sa chemise ? Qui gobait les bulles aux commissures de tes lèvres ? Qui buvait ta salive, qui, tes larmes, qui, ton angoisse ? »

Anouk : « Je n'étais pas gentille. J'en voulais à la terre entière. »

Inès : « Il faut que tu préviennes ton mari. »

Anouk : « Lui ? Il y a longtemps qu'il ne m'entend plus, qu'on ne s'entend plus. Si je lui parlais ce soir, je ne suis pas sûre qu'il s'en souviendrait demain matin. »

Inès : « Ton fils doit savoir, lui aussi. »

Anouk, alors, la voix rauque : « Mon fils, il n'a pas besoin de savoir. Il a senti. Il a compris. Et qu'est-ce que ça peut lui faire ? Il s'en va. Il s'en va. »

Inès, berçant la cousine dans ses bras : « Il ne s'en va pas. Qu'est-ce que je devrais dire, moi, qui viens de marier mon premier fils ? »

Anouk, hochant la tête, butée : « Will, c'est pas pareil. Je sais bien, moi, que c'est pas pareil. Quelque chose ne va pas. Quelque chose m'échappe. Il s'en va. »

Enfin, elle se mit à pleurer, pour de longues minutes. Elle n'avait pas fini de s'inquiéter. Des jours, des mois, des années.

. . . .

En douceur, alors, se rappeler qu'à tous les azimuts, du bas en haut, et du côté gauche, et du côté droit, c'est fragile.

Au milieu aussi, *surtout au milieu*, c'est fragile.

Inexplicablement en vie.

En douceur, comme on le ferait d'une chose finissante, une saison qui s'éteint, un soleil qui sombre à l'horizon des maïs fauchés, une fin de journée, une fin d'été ou bien déjà l'automne — à cette différence près que nous sommes en juin, le soleil se lève avec beaucoup d'effets dans le grand miroir de la chambre et c'est bien d'un début qu'il s'agit, le début des nouvelles vies, des nouvelles générations si promptes à rogner la route, si tant est qu'un mariage soit le début de quelque chose, une naissance la promesse de quelque être.

Unis, désunis

(Trois ans et quatre mois plus tard)

Un vendredi soir d'octobre, nous reprenions l'autoroute et refaisions le chemin de Rueil, seuls, le play-boy et moi.

« Tu veux vraiment que je te lâche là-bas ?

— Oui.

— Tu es sûr d'y rester toute la semaine ?

— Pourquoi pas ?

— Je peux te reprendre dimanche soir, en repartant de ma chasse. Huit jours avec eux..., j'ai peur que tu t'ennuies. Moi, je m'emmerderais sec.

— L'ennui me va très bien. L'ennui et le repos. Se taire, ou parler pour ne rien dire. J'en rêve. Et puis, je ne suis pas comme toi : je ne méprise pas les ouvriers. »

Prendre, lâcher, reprendre, mots du Pb. La langue clappa contre les dents, les masséters se mirent à rouler sous la peau des joues — le signe bien connu qu'il réfrénait un débordement d'émotion — la colère, ici. Mon père s'était mis en tête que leur séparation, à Nush et lui, me tourmentait — ce qui lui évitait peut-être d'interroger trop sa propre souffrance ; peut-être aussi le spectre de mon malheur lui donnait-il, face à celle qui s'enfuyait, une raison supérieure de la retenir.

« Qu'est-ce que tu racontes ?

— Tu l'as dit un jour, en parlant des Vitti.

— C'est pas possible. Je n'ai pas pu dire ça, ou alors c'est que... »

(... *C'est que tu as oublié*, aurais-je pu poursuivre, *que tu étais soûl, peut-être, ou que ton mépris d'eux est si grand que même ce que tu en dis t'indiffère.*)

« Je l'ai peut-être dit, un jour, qu'ils m'ennuyaient. Possible. Mais je ne les méprise pas. On vient du même milieu. On est pareils. »

Combien de temps était-il resté ouvrier ? Un an, deux ans ?

Les cousines parlaient de cela entre elles : la gamelle du déjeuner avec ses compartiments superposés pour séparer les légumes, la viande, les féculents, l'entrée et je ne sais quoi. J'avais vu, enfant, ma mère se livrer à cet exercice quelques semaines avec comme un dégoût, un accablement sur les lèvres. (Heureusement, le play-boy avait renoncé avant elle, préférant manger un sandwich au comptoir d'une brasserie plutôt que de réchauffer sur le butagaz de l'atelier son plat de fer-blanc parmi les autres — ce qui supposait, là encore, de partager non seulement le réchaud mais les discussions de ses collègues dépanneurs, de trouver quelque chose à leur dire.) Dans sa cuisine hurlante de néons, j'avais vu la cousine Inès préparer le fricot de Mimmo avec une sorte d'évidence sereine : sans parler de joie, son visage si ingrat s'était éclairé d'un sourire intérieur tandis que, du plat de la spatule, elle tassait les aliments afin d'emplir au maximum chaque étage de la gamelle, avec la satisfaction d'accomplir, en même temps qu'un devoir quotidien, un geste d'amour muet.

« Vous êtes pareils ? répétai-je, bluffé. Tu veux rire ? »

Le play-boy était si beau, si troublant, aussi, avec ses mitaines de cuir fauve accrochées au volant de l'Alpine — si pathétique, en fait, incroyablement seul.

« Tu es devenu riche, papa. Tu es devenu un patron. Ça fait une sacrée différence, de leur point de vue. Vous n'êtes plus pareils. »

Il hocha la tête, choisit de se taire.

Il n'avait fait que six mois en atelier de réparation. Très vite passé chef de l'atelier, puis responsable technique, il déjeunait seul au restaurant chinois de la rue Lamarck et parfois chez sa patronne à lui, cette élégante vieille fille dont la maison avenue Junot, à Montmartre, à quelques encablures des entrepôts, tournait le dos au monde, cachée au monde et se le cachant derrière des vitraux colorés. Devenu directeur commercial (ces deux mots : diriger, commerce, semblant comme inventés pour lui, créés de toutes pièces pour un jour enluminer sa carte de visite, car, bien qu'il fût absolument fermé aux premiers rudiments de la psychologie, fâché avec toute forme de comptabilité et tout sens de la hiérarchie, il n'en était pas moins fait pour les hommes, oui, leur commerce et leur direction, assurément), il eut droit à des frais de représentation qui le poussaient vers d'autres lieux, des restaurants du bois de Boulogne et des night-clubs d'un peu partout, le retenant loin de nous, toutes les nuits, dans la forme d'existence qu'il avait toujours désirée.

La terre était si noire, si lourde, comme déchiquetée, retournée par une grêle d'obus : les machines-outils n'étaient pas là pour ensemencer mais pour défoncer, poursuivre l'œuvre interrompue par l'armistice et les décennies de paix — c'est pas du grain qu'elles semaient avec leurs canons souffleurs et leurs rouleaux de griffes, c'était de la grenaille, c'était du plomb et de la terreur encore. Écrasantes et grondantes, les machines elles-mêmes affectaient l'allure des chars de destruction, des chenillards grisâtres. La vision du jardinier brûlant dans sa tourelle me nouait la gorge.

Non, ce n'était pas à proprement parler

des paysages, plus vraiment une terre que ces champs où les labours dessinaient des blessures, où les sillons s'étaient abreuvés de tant de sang, de si nombreux massacres qu'ils en portaient encore le souvenir : les trous d'obus et les cratères de bombes avaient survécu au gré des conflits en creusant des mares mortes ; les arbres noirs dressaient au ciel, dans un effroi silencieux, les mêmes branches qui pendant la Grande Guerre recevaient les éclaboussures d'obus, des bras, des lambeaux de chair, des jambes, des giclures d'entrailles et de matière grise, de la charpie d'homme suspendue aux rameaux du printemps.

Sur leurs câbles téléphoniques, les corbeaux en grand alignement bénissaient toutes guerres, légitimaient toute terreur. Je les voyais, en brochettes sur les fils, je les imaginais rôtir, électrocutés, sous l'effet de mèche d'un grand court-circuit, charognards charognés, et je me disais non, *C'est pas un aigle, mais bien plutôt une bande de ces croque-morts qui durent bouffer toutes crues les tripes de Prométhée.*

Comment lui dire ? Je souffrais, oui, j'endurais mal la mort d'un amour et la séparation des corps, mais ce n'était pas le leur, d'amour, et ce n'étaient pas les corps de Nush et du play-boy. Je vivais mon premier deuil à moi, subi dans l'injustice et l'effroi quelques mois plus tôt, en juillet, sur un quai de gare à des milliers de kilomètres de là, une rupture qui m'avait arraché des bras du premier amant et me laissait à la surface de la peau une sensation de brûlure irréelle, tel un coup de soleil sans soleil — un prodige des nuits blanches de Leningrad — que seul le retour de sa peau sur la mienne eût pu rafraîchir et calmer.

D'une certaine façon, ce chagrin était aussi leur faute, à ces deux-là qui ne voulaient plus jouer leur part du jeu : c'est eux qui avaient voulu m'éloigner, afin que je n'assiste pas aux derniers ajustements sordides, au partage des meubles, au déménagement. En épargnant mon pauvre cœur adolescent, sans doute ils s'épargnaient eux-mêmes une nouvelle culpabilité. Ils s'absolvaient. Ils trouvèrent, à la hâte, à m'expédier en voyage organisé dans la Russie de Brejnev — celle-là même où le couple reproducteur faisait l'objet d'un culte laïc et d'une iconographie délirante.

« Là où le peuple est instruit », disait Nush. « Chez les Rouges ! » précisait le play-boy en riant. Et j'y avais été instruit, oui, initié par un étudiant russe de dix ans mon aîné. (Komsomol homosexuel : c'est joli, ces allitérations et ces assonances, plutôt euphonique, on dirait que ça s'enlace, que ça va coller et ensemble durer — mais non — ça peut pas coller, ça ne pouvait que finir mal, sous la menace et dans les déchirements.)

Succédant à la peur de cette première passion, succédant à l'immense désarroi de sa perte et à la nullité dont le silence du monde, à l'est comme à l'ouest, semblait vouloir la frapper

<Vous   Vous comme les autres   Vous avec les autres   Vous le Centre du Monde   Comme vous dansiez comme vous posiez   Indécents   Démerdez-vous >

après tant de gâchis, je n'étais pas contre la destruction en marche du premier conjungo, le père, la mère, et qu'ils souffrent eux aussi, la dame aux violettes, l'homme aux santiags, qu'ils endurent comme moi j'endurais, seul et silencieux. Si l'amour m'était interdit, pourquoi le leur aurait-il duré ? De quel droit ? Et quelle était leur fonction sur terre sinon de veiller à me procurer l'amour dont j'avais besoin — tout amour dont j'aurais besoin ?

Dans la noirceur de mon cœur, la campagne de Rueil était presque désirable, son ennui accordé à mon ennui, sa fange presque familière de la boue où l'on m'avait traîné, et le grenier humide aux draps transis, comme gluants de froid, cette cellule était un écrin pour mon chagrin, pour le grand saisissement qui gelait mes larmes avant qu'elles aient pu couler.

Déjà, les larmes, j'étais pas preneur.

Au grenier où les cousins eurent l'idée de

m'exiler, j'étais seul (« Tu seras tranquille, dit le cousin Mimmo, bien à l'aise pour lire et travailler », il était difficile de ne pas traduire : Loin de nous), seul et tranquille, donc, livré à cette liberté de quelqu'un qu'on ne désire pas. Je fus bien, oui. La maison était si laide, si chaotique ; seuls ces combles de la vieille grange ressemblaient à quelque chose, j'aimais les charpentes vermoulues et son plafond de nef semblait un vaisseau héroïque qui aurait tenu bon sous le pilonnage des burineurs et des tarières.

Était-ce pour me rappeler ma faute, me reclure là où < raclure > j'avais péché ? Au grenier, si j'étais bien, ce n'était pas tant par nostalgie des cuisses soyeuses de Roxane — le corps des hommes ayant pris un avantage définitif sur le terrain des scénarios masturbatoires —, ce n'était pas non plus le confort de cette soupente mal isolée, mal chauffée et hantée d'un froufrou incessant de souris et de loirs, mais j'y goûtais ce que je connaissais le mieux depuis ma naissance : la solitude.

Ce que j'aimais, enfin, dans le grenier, c'est de n'être plus contraint à partager le lit de Fred. Avec l'âge, dormir ensemble virait au cauchemar, nos hanches se cognaient, nos chevilles s'entremêlaient, et malgré nos tee-shirts, nos joggings, la promiscuité et la peur rendaient nos corps électriques, nous liaient malgré nous : je n'éprouvais aucun désir de Fred et je crois qu'il n'en éprouvait aucun de moi cette nuit où nous nous étions retrouvés à bander serrés l'un contre l'autre, où il m'avait retourné, tirant d'une main l'élastique du futal, de l'autre me saisissant la queue : non, il n'y avait nul désir entre nous, mais nos corps encore puceaux connaissaient la musique de toute éternité. J'ai râlé : « Fred ! », il a fait : « Hon ! Pardon ! » Le jour s'est levé sur nos yeux grand ouverts, nos paupières sèches et brûlantes d'insomnie. On pouvait tout essayer, se rencogner à la pire extrémité du lit, s'étouffer entre matelas et sommier, la tension sexuelle empoisonnait l'atmosphère, interdisait tout abandon, à commencer par celui du sommeil. Et ces nuits éprouvantes, jamais vraiment dormies, ces nuits qui n'étaient que poussées d'hormones et tunnels de frustrations, ces nuits m'apparaissent aujourd'hui comme l'un des plus hauts degrés de l'idiotie : pour moi la chose est certaine : même une baise ratée eût été préférable à cette haine du désir, cette angoisse des corps qui fait mauvais usage des êtres.

< tu dis ça mais tu n'es pas honnête   rappelle-toi Fred et pas le fantasme de Fred rappelle-toi la peau la chair exactes plutôt crever   sa gueule minée d'acné son dos vérolé de bubons de furoncles oh oui plutôt crever il a fini par se fondre à la maison   il a l'odeur farineuse des plâtres et ciments mais le sébum et le sperme en lui se révoltent, sa barbe est née à l'envers ça lui

fait une folliculite comme pour aller avec l'abcès global qu'est son corps de jeune homme et sa queue n'est même pas circoncise elle pue c'est tout dire ouais la peau de saucisse du prépuce sur les glands me fait peur impure Coulisse la corde pour te pendre pas touche >

Chez les Vitti, aussi, ça bardait. Venu me reposer du grand théâtre névrotique qu'étaient les scènes muettes de mes parents (c'est-à-dire : leur refus des scènes, cette incapacité à crier, à insulter, à cracher ce qu'on a sur le cœur (et ce nouveau lapsus sur le clavier dit tout, < cacher > ai-je tapé, au lieu de cracher), cette non-dispute, sorte de guerre informulée, comme s'ils avaient été tous deux, avec leurs faux airs de Liz Taylor et de Richard Burton, saisis de catatonie ou de bipolarité), ayant fui ce film interminable d'une terne adaptation de Tennessee Williams, je m'attendais à tout sauf à retrouver en crise le couple banal et donc idéal que formaient les Vitti, éternellement béats et se suçant la pomme comme au premier baiser du premier bal. (N'ayant connu de près que des gens — mes parents, les parents de mes parents — qui ne se touchaient pas et s'embrassaient du plus lointain des lèvres, l'exhibition des Vitti m'avait souvent écœuré, et bien sûr intrigué. J'ai longtemps espéré être aimé un jour de quelqu'un qui serait dans l'effusion extrême et la sollicitation physique permanente. Lorsque c'est arrivé, je n'ai pas supporté et j'ai fui. Les lèvres mouillées, les succions bruyantes et les faux chuchotis audibles de tout le monde, non. Merci, mais non.)

Au grenier, je ne perdais aucune miette de ce qui se disait en cuisine. Par un effet de réverbération, les sons remontaient le conduit de la cuisinière à bois et ressortaient, soufflés, comme amplifiés, par la grille de chauffage près de mon lit : deux étages au-dessus, allongé et bien calé dans mes oreillers, je les entendais mieux que si j'avais été caché sous la toile cirée de la table, à leurs pieds.

La cousine Inès n'était que plainte, aigreur, ressentiment. La liste de ses griefs s'allongeait sans fin et sans issue, telle une spirale se nourrissant de son propre vortex

Torsion # 1 = les vacances. Pas de vacances, se lamentait-elle, en bientôt trente ans. Pas une seule semaine de ce qu'il est convenu d'appeler des vacances, avec départ en bord de mer, coup de soleil et cartes postales (quant aux pistes enneigées Inès n'en avait même pas l'idée, ne se serait pas vue chausser des skis et glisser dans toute cette vanité de blanc), pas de vacances, non, mais des congés, congés repos, trop rarement, congés maladies, parfois, hélas, des jours de congés, des semaines de congés, ce triste mot de congé pouvant aussi signifier qu'on était foutu à la porte et disant mal à quoi on passait les jours chômés : monter une aile de la maison, creuser de nouvelles fondations, assembler une charpente, suer sang et eau, encore.

Torsion # 2 = cette maison. Est-ce qu'elle serait finie un jour ?

Torsion # 3 = la promotion. Quand ferait-il son œuvre à lui, Mimmo ? Quand serait-il sacré mof, lui aussi — comme les jumeaux l'avaient été, comme tant d'autres y aspiraient et le seraient à la verrerie avant de prendre la retraite et de mourir ?

Mimmo esquivait, se taisait. J'entendais son mutisme bougon. À une pique plus vacharde, il envoya promener sa mouche du coche. C'était déjà bien beau, disait l'époux en substance, bien beau qu'on ne les ait pas licenciés tous deux en même temps. Inès était montée dans la première charrette, car on n'avait plus besoin d'elle depuis des années : une machine assurait bien mieux qu'elle la récupération et le recyclage du groisil. « Vous garder était un luxe », avait dit la grande patronne sans mesurer, peut-être, ce que ces mots dans sa bouche avaient de cynique et de vulgaire : le luxe comme une chose répréhensible et dont, cependant, la bonne femme vivait, s'enrichissait.

La manufacture débauchait. Le patelin serait bientôt sinistré, mais les Vitti pouvaient se féliciter d'avoir mené leurs deux enfants au bac. Instituteur, Franck passait des concours internes pour enseigner dans les collèges. Frédéric avait passé un bac professionnel et très limite, un bac douteux qu'on ne va pas crier sur les toits ni arroser au bistro, mais un bac tout de même. Au moins les gosses ne travailleraient-ils pas de leurs mains ni de leurs muscles.

Inès faisait des extras — traduire : des ménages au noir. Elle prétendait que son licenciement avait été une chance — « Enfin un peu de temps pour moi, et pas d'impôts à payer. »

plateau. Franck passait des centaines d'heures pour enseigner dans les collèges. Frédéric avait passé un bac professionnel et très limité, [illegible] dont ceux qui ne va pas [illegible] sur [illegible] arrivé au lycée [illegible] bac [illegible] de [illegible]. Au moins les gosses ne travailleraient pas de leurs mains ni de leurs muscles.

Nous étions des [illegible] — traduire : des [illegible] au noir. Il [illegible] que son [illegible] [illegible] une chance — [illegible] peu de temps [illegible] d'impôt [illegible]

Dans chaque existence, j'imagine, est arrivé ce jour unique où l'on doit faire l'apprentissage d'une curieuse désillusion. Je parle de ce jour où l'on découvre que l'on n'est pas aimé de tout le monde. Qu'on ne le sera jamais, quelques efforts que l'on déploie. Que jamais on ne séduira tout le monde et, même, qu'on répugnera à certaines personnes. Qu'elles nous vomiront.

J'avais perçu cela à Leningrad, dans le dégoût pesant des regards; j'en allais avoir confirmation à Rueil, la haine enfin dite, passée par les mots tel un poignard passé entre deux côtes. (J'ai dit que Nush aimait pleurer au cinéma : ainsi le plus grand film jamais réalisé s'appelait *Quand passent les cigognes*, parce qu'il la secouait de hoquets douloureux, qu'elle y laissait des paquets de mouchoirs. J'admets : il me fait aussi beaucoup pleurer, mais je peux encore en voir les défauts, le maniérisme surtout, qui fait masse avec l'édification ou la tragédie, tandis que mon Nushi, elle, buvait l'écran, ou plutôt était bue par lui, l'image l'absorbait, l'arrachait de son siège et l'enveloppait en son mirage. Elle sanglotait : passée de l'autre côté, elle courait sur le quai de gare final, elle n'était pas seulement l'actrice principale, elle était toutes les figurantes, elle était la foule des femmes, les joyeuses, les déçues, les malheureuses. Ce quai d'une gare russe : j'ignorais, enfant, que j'allais connaître à mon tour ces larmes, ce mélodrame — pour d'autres raisons, certes, et dans d'autres saisons. Tout de même, les cigognes ont du mal à passer.)

... Retour à Rueil, donc, cette Sibérie miniature de la France, dans la cuisine surchauffée, le lendemain soir, avec cette scène qui les rassemble tous autour de la cuisinière à bois, eux ou plutôt leurs cinq (presque six) timbres de voix : Inès, Mimmo, Fred, l'aîné Franck et sa jeune épouse enceinte d'un premier lardon. Ç'allait être ma fête.

Mimmo, pour commencer, en patriarche dictant la loi : « Moi je vous le dis, tout prétentieux et fiers qu'ils soient de leur fils, tout grandis qu'ils se sentent par sa réussite à l'école, ce môme ne leur donnera pas la plus grande des joies : des petits-enfants. »

Rien qu'à sa voix, rien qu'à l'accent qu'il y mettait, je pouvais joindre le geste à la parole : et je l'imaginais dans sa caricature, je pouvais le voir imiter : comment il arrondissait la bouche en cœur, comment il levait une main maniérée à hauteur de grande dame, comment il tortillait du popotin et se dessinait autour du visage mes cheveux longs à la Brian Jones, qu'il faisait mine de rejeter en arrière ou d'ébouriffer, tout cela raté évidemment car Mimmo, en quittant l'Italie, avait perdu l'art de la comédie.

Le même, insistant : « Cette satisfaction d'avoir fabriqué un homme qui à son tour fabriquera des hommes, ils ne la connaîtront pas. C'est moi qui vous le dis. »

Comme j'aimerais encore croire en lui, Mimmo, si ignoble se soit-il montré ensuite, il me semble que dans ces mots une nuance équivoque s'était glissée, entre le regret sincère de ce que Nush et son play-boy perdraient à ce châtiment et une sorte d'assouvissement honteux, de joie salace dans cette petite vengeance à laquelle lui, Mimmo, ne participait en rien mais qui le dédommageait, cadeau des dieux, sorte de némésis personnelle et très vilaine redistribution des malheurs.

Inès : « Vas-tu te taire ? »

Franck, le gauchiste pudibond : « Comment peux-tu parler de lui comme ça ? il a seize ans ! »

Mimmo : « Moi, j'ai compris, moi, l'immigré, l'illettré, je vois tout ce que tu ne vois pas, parce que j'ai ça moi ! (Il se frappe le ventre, empoigne sa braguette :) Je sens ces choses-là ici, *nelle palle !*

Qu'est-ce que vous croyez qu'il fait à traîner sur les bords du fleuve tout le jour ? Qu'est-ce que vous pensez ? Que c'est pour taquiner le goujon, pour draguer les sirènes ? Et le reste du temps il fait quoi ? Couché là-haut à lire des livres et à fumer des blondes. Mange même pas. Descend juste pour se remplir un litre de thé, et y remonte. C'est pas ce que j'appelle un homme, moi. »

Inès à son fils cadet : « Disons que tu n'as rien entendu, va ! » (À son époux :) « Et toi, comment tu parles devant ton fils de nos cousins ? »

Mimmo, peut-être soûl, s'étant peut-être attardé sur la gnôle des fours : « Cousins ? Quels cousins ? Des cousins à la mode d'Espagne, oui ! »

Elle, l'épouse ulcérée : « De Bretagne, on dit. Des cousins à la mode de Bretagne. »

Et lui, balbutiant tant et plus : « Qu'est-ce que ça change ? Rien, c'est pareil. De Bretagne ou d'Espagne, c'est pas cousines éloignées que vous êtes, Anouk et toi, mais sur deux planètes différentes ! »

Les deux fils, en chœur : « Papa, arrête. S'il te plaît. »

Mimmo, prenant à partie le cadet : « Oh ! toi..., toi, Federico ! Je sais que t'as honte de moi, va, de ma patte folle, mes mains noires et tailladées, mon salaire de merde. Déjà tout petit, tu avais honte sous le préau de l'école, à la remise des prix, tu faisais semblant de pas me connaître. Bien sûr que tu le préfères, lui, le frimeur, le faiseur d'argent, et que s'il t'invitait, tu partirais vivre avec eux sans un regret pour nous, sans un regard en arrière. »

Soudain, ils se sont tus. J'imagine alors la scène muette, ou plutôt je l'extrapole : Fred s'étrangle de sanglots, il rougit si violemment, et l'afflux de larmes à ses yeux est si torrentueux lui-même, que la conclusion s'impose : Mimmo, là encore, a touché juste, ramenant en surface des fantasmes d'enfance non seulement enfouis, mais forclos depuis si longtemps qu'on aurait pu les prétendre non avenus.

Inès, elle, sa voix chevrote. Elle ne cherche pas à nier, sachant que son mari dit juste pour la simple raison qu'elle s'était déjà dit tout cela, se posant la question de la sorte de mère qu'elle était pour ses fils, une dont ils seraient fiers ou non, et de comprendre à peine la question posée que la réponse était non et qu'au jeu des contes de fées, des < miroir mon beau miroir >, la cousine évidemment lui aurait ravi son homme et ses deux petits mâles. Ne niant pas, donc, mais protestant de la forme : « Pourquoi tu dis ça ? À quoi bon le dire maintenant ? », Mimmo ne l'écoutant pas, s'enflammant bien au contraire : « Cours-y ! Tu n'as qu'à demander ! Ils ont une chambre à ce qu'il paraît, la chambre du deuxième enfant qui ne naîtra jamais, juste à côté de celle du *finocchio.*

— Pinocchio ? s'étonne Fred.

— *Finocchio,* j'ai dit. *Stronzo di te !* Tant que tu y es, tu n'auras qu'à virer ta cuti avec lui, comme ça tu auras tout à fait cessé d'être mon fils. Demande ! Va chez eux, je suis sûr qu'ils t'ouvriront les bras ! Et que le *finocchio* t'ouvrira son cul, à moins que tu ne te retournes. »

De sa voix à peine muée, Frédéric murmure : « Papa, c'est affreux..., c'est vulgaire, ce que tu dis. »

Mimmo : « Les ouvriers sont vulgaires. C'est de nature. »

Là-haut, dans mon grenier, je songeais à une évasion par les toits.

. . . .

Fred : « Ce soir, on sort en boîte avec Will. Dormez. N'attendez pas notre retour. »

La cousine : « Est-ce qu'il a un casque ? »

Fred : « Est-ce que j'ai un casque, maman ? »

Elle : « Tu as celui de ton frère. »

Lui : « Le casque de mon frère pue l'odeur de mon frère. »

Elle, toute couinante : « Vous me tuerez. »

Il monta quatre à quatre les volées de marches jusqu'à moi.

« Viens, on va danser », me dit Fred.

Il avait un rendez-vous dans la grande ville de

garnison, de ces villes pour lesquelles on dut inventer le mot spleen, le mot grisaille, comme étaient gris tous ces jeunes soldats à l'haleine de chacal qui hantaient les abords de la gare, les bars, les snacks et les wagons désaffectés, leurs havresacs écussonnés traînant dans la sciure souillée des comptoirs. Qui me levaient le cœur et me fascinaient.

Moi : « Je sais qu'on va danser. »

Lui : « Comment tu sais ? »

Moi : « On entend tout, ici, de ce que vous dites en bas. »

Lui : « Tout ? »

Moi : « Au soupir près. »

Lui : « J'ai rien dit contre toi ! Rien ! »

Moi : « Si tu savais comme je m'en fous... »

. . . .

Ceci, alors, le lendemain soir, tandis que Frédéric, hospitalisé, se réparait de l'accident de moto. Alité avec mon vice de lire et ma cartouche de blondes américaines, je savourais chacune des paroles passées par la trappe de cheminée. Inès : « Tu sais ce qu'elle m'a sorti, l'autre soir ? "Mon fils sera écrivain." Carrément. »

Mimmo : « Elle a dit ça ? »

Inès : « Ne s'est pas gênée. »

Mimmo : « Comment elle peut dire ça ? »

Franck : « Parce que Willy a eu son bac à

seize ans, qu'il est entré maintenant dans le circuit aux grandes écoles. »

Inès : « De ça, comme du reste, elle est bouffie d'orgueil. »

Mimmo + Franck : « Le reste ? »

Inès : « Il aurait gagné un concours amateur dans son lycée, oh ! des tout petits textes de rien, si j'ai bien compris, de la littérature en miniature... »

Franck : « Des nouvelles ? »

Inès : « Oui, c'est ça, merci mon fils, tu es tellement instruit. Puis il en a remporté un deuxième, de concours, des nouvelles, pareil, le mois dernier, organisé par une revue. C'est publié. Dans tous les kiosques, elle m'a dit. Mais ces kiosques-là, m'est avis que ça s'arrête à Paris, ça ne vient pas perdre son temps chez nous. »

Franck : « J'irai demain matin à la maison de la presse. »

Mimmo : « Tu ne trouveras pas, t'a dit ta mère. Tu ferais mieux d'aller chercher ton frère à l'hôpital, ça nous soulagerait. Au passage, tu pourrais récupérer la moto à la fourrière des flics, ce serait ça de fait. »

Franck, se fâchant : « Papa ! La moto est en bouillie. Les gendarmes te l'ont dit. Une épave. Tu sais ce que ça veut dire, une épave ? Je vais pas déplacer un tas de ferraille qui finira à la casse. »

Mimmo, s'obstinant, tapant du poing sur la toile cirée : « Ton frère est bon mécanicien. Rien ne lui fait peur. Il a déjà réparé la tondeuse deux fois. Il saura retaper sa moto. »

Franck, d'une voix dépitée : « Maman, explique-lui. Dis-lui. Je renonce. Bonsoir. »

Mimmo, gloussant de plaisir : « *Che commediante fa il nostro Franckie!* C'est dans le sang, qu'est-ce que tu veux... »

Inès se taisait. (Inès fut toujours très réservée quant aux projets théâtraux de son aîné. Elle voulait bien le voir s'occuper du spectacle de fin d'année de son école, et elle était la première à applaudir lorsque son fils venait saluer en scène avec la ribambelle de gamins. Mais, lorsqu'il monta sa troupe amateur avec une clampée de copains pas plus légitimés que lui, puis quand il parla de quitter son métier d'instituteur pour ne plus se livrer qu'aux tréteaux, la mère en elle prit ombrage. Jamais elle n'aurait osé contredire son mari, lui dire que ce n'était pas le sang des Vitti, mais bel et bien celui des Rosa qui inclinait leur fils à désirer cette vie de saltimbanque.)

Mimmo, rêveur : « Tu te souviens quand le *finocchio* était petit? Elle l'inscrivait à tous les concours d'enfants qu'on recrutait à la télé pour les films. »

Inès : « Les castings, oui. J'avais oublié. Tu as bien raison. Elle a toujours été très imbue de sa personne, et même des autres, son gosse, son mari. C'est comme son histoire de sein. Ah ça! elle l'a retrouvé, son sein, et elle était fière, mais il a continué de pourrir sous la prothèse japonaise, et elle va mourir..., mourir, oui ! »

Un foret me transperça la poitrine. Mon cœur vrillé battait si fort, mes joues baffées brûlaient si fort, que je crus que j'allais m'évanouir bêtement sur le lit.

Aux paroles, avant même que chaque syllabe fût formée, je sus que la cousine avait raison et m'obligeait à admettre ce que je refusais de voir depuis des semaines — les rendez-vous plus fréquents, les médecins plus nombreux, et Nush se composant un personnage peu convaincant de femme en forme. J'aurais tout donné, tout sacrifié pour qu'elle se trompe. Mais elle avait raison, je le savais. J'ai dégringolé les deux étages sans réfléchir.

Je m'étais tiré de l'accident avec quelques hématomes, un vague torticolis et une cheville éraflée, même pas douloureuse, que je prétendais foulée. Aussi furent-ils surpris de me voir bondir dans la cuisine.

« ... Moi, disait-elle à l'instant même où j'entrais, moi, on ne m'a pas fait de promesses, surtout pas de celles qui se comptaient à millions et que je ne pouvais pas me payer. On me l'a rasé, mon sein, mais on m'a guérie. Je suis mieux, le sein coupé, qu'entre quatre planches. » Elle me vit, rougit, ses yeux papillonnèrent. « D'où tu déboules comme ça, mon grand ? »

Mon cœur lançait des drôles de décharges dans mes bras, des pulsations à chaque veine, des picotements à la pulpe des doigts, il me fallait tuer quelqu'un, au moins détruire quelque chose

< mon père si je l'appelle il te casse la gueule faire venir mon père le supplier me prosterner me renier s'il le faut on dirait que la voiture arrive, d'abord je reconnais le bruit, le moteur nonpareil, et puis les pneus qui crissent en imprimant le bitume il sonne pas il enfonce la porte et je me précipite courir courir vers toi me jeter dans tes bras et recommencer le jeu des serre-moi fort, étouffe-moi, aime-moi est-ce que tu me prendras dans tes bras ? est-ce qu'on fera l'avion ? Dis-moi dis-moi que tu n'as pas honte de moi >

mais appeler mon père au secours, c'était faire surgir l'hypothèse qu'il ne réponde pas, ne rappelle pas, ou l'angoisse équivalente qu'il trouve le message, oui, et accoure pour massacrer tout ce qui bouge et porte couilles : on n'est pas sûr de vouloir l'un plutôt que l'autre. On préfère ignorer. On veut la révolte, oui, sans souhaiter l'extermination.

« Je veux savoir.

— Quoi, mon grand ?

— Le *finocchio* veut savoir pour sa maman. »

Le menton d'Inès tremblait si fort, on eût dit que sa mâchoire allait craquer, se décrocher.

« Ce mot que tu dis, mon grand, comment tu peux le dire ?

— Ce mot que je dis, je l'entends depuis des jours, et je crois avoir deviné la traduction. Mais je me fous de ce que vous pensez de moi...

— Que du bien, mon grand, on ne pense que du bien...

— Je veux savoir ce qui se passe pour Anouk. Qu'est-ce que tu sais, toi ? Qu'est-ce que tu sais d'elle que moi je ne sais pas ? Aurais-tu inventé ? »

Ils baissèrent les yeux sur leur toile cirée. Ils avaient presque le même profil, elle et lui. Le même nez épais et tordu, la même paupière tombante.

« C'est dégueulasse », j'ai dit, puis j'ai rejoint le grenier pour attendre la nuit, l'heure où, les époux Vitti endormis, je pourrais redescendre sur la pointe des pieds, atteindre à tâtons l'appareil dans l'entrée et appeler le play-boy — mon père ridicule, oui, trop jeune, oui..., mais mon papa à moi.

Pour finir, la même maladie n'avait pas connu la même sanction : Nush avait sauvé son apparence. Tout juste s'était-elle plainte au téléphone d'une cicatrice qui s'effaçait trop lentement.

« Rothschild ! s'exclamait Inès en butant sur

l'amas de consonnes, Rothschild, les Japonais et l'hôpital Américain ! Ces gens-là ne l'auront pas sauvée pour autant, comme quoi le fric... », se figurant quoi ? quelque villégiature thermale ? des palaces en plein bois de Boulogne, avec casino, plage et port de plaisance sur le lac ?

Pour finir, ce n'était plus vraiment la même maladie, le même mal d'égale gravité. Nush avait gardé son beau corps injuste — et le mal proliférait sournoisement sous la belle enveloppe. « Neuf chances sur dix qu'elle va mourir », prophétisait Inès, tandis qu'elle pétait le feu, guérie, « guérie », répétaient-ils dans la vilaine usine de santé où elle avait laissé une demi-livre de chair, et où elle retournait chaque semestre, puis chaque année, vérifier qu'on n'allait pas lui ôter le second. « Je l'avais prévenue, pourtant. Mieux vaut tout raser, tout gratter. C'est plus sage. Regardez-la, avec son faux sein et sous son faux sein le mal qui revient. Punie, en somme. »

Dans ma colère contre Mimmo Vitti, dans mon désespoir de lui prouver que j'étais un mâle, je n'aspirais pas tant à défendre mon honneur que celui de mon père. Mais peut-être ces deux honneurs n'en font-ils qu'un. Qu'est-ce que je faisais sur ce lit, trois ans plus tôt, dans la chambre du grenier ? Roxane était-elle vraiment désirable, comme le disaient les regards des hommes mûrs sur elle, et les sourires approbateurs des femmes (appréciant, et comment dire ? fières, oui, fières pour tout le genre féminin, comme si un peu de sa beauté juvénile les éclaboussait et redorait leur prestige à elles) ou étais-je seulement curieux, anxieux de ce qui me farcissait les oreilles dans les cours < sur le clavier je saisis : les cœurs > et les couloirs du collège, si incongrus que les mots résonnent quand on songe à l'âge que nous avions, mes camarades et moi, terrifiés d'égale terreur par le sexe de la femme qui n'apprend rien et ne consiste (ne consistait, selon notre pauvre éducation d'alors) en rien d'autre qu'une chaussette de satin ou une éprouvette de la vie.

Je me suis vengé d'étrange manière, en les forçant à renier leur saloperie de morale, en les rendant complices de ma perversité. On était partis avec Inès et Fred remplir frigo et congélo à l'hypermarché du coin. Au rayon vêtements, Inès avait lorgné un manteau vert bouteille franchement banal mais orné d'un col de fourrure noire — oh ! pas grand-chose, du petit-gris, sans doute, ou du lapin teint. Elle l'avait essayé, puis lisant le prix sur l'étiquette, l'avait rependu à son cintre. J'ai repris le manteau vert, je l'ai retourné sur la doublure, j'ai défait l'étiquette à la manche et l'alarme magnétique dans la doublure, je l'ai roulé soigneusement pour le mettre dans le compartiment bébé du caddie, avec le sac à main d'Inès et ma propre écharpe. Aux caisses, Inès était si rouge que je crus qu'elle allait faire une crise de nerfs, un malaise, une apoplexie. Fred était très pâle, lui, et empaquetait les victuailles avec des mains nerveuses. À un moment, lorsque Inès eut payé les provisions passées sur le tapis roulant, lorsque nous dûmes franchir les portes du magasin, Fred me lança un regard incroyablement déçu, trahi — humilié. On a chargé la voiture, Fred a préféré prendre le volant tant sa mère semblait confuse, puis on a quitté le parking.

Pas un mot sur le vol, pas un seul mot sur le sujet, à ce moment-là, ni plus tard au cours des trente kilomètres de trajet, ni plus jamais entre nous trois.

Le lendemain matin, pourtant, Inès trouva le culot de montrer à son mari le nouveau manteau. « Combien ? demanda Mimmo. — Il était bradé, répondit l'épouse. Une affaire », et elle gloussa. J'aurais été fier, j'aurais joui de ma vengeance si, au même moment, je n'avais vu Frédéric baisser le nez sur son bol de café au lait, et, derrière les épaisses lunettes, de grosses larmes rouler.

L'absence d'émotions (ni trac ni excitation, comme si l'adrénaline m'avait été refusée), cette froideur nonchalante avec laquelle j'avais accompli le geste avaient brisé toute forme d'intimité et bien sûr de confiance : désormais, la mère et le fils se méfieraient de moi. Dans leurs yeux, je verrais toujours le reflet de l'adolescent que j'étais, qui avait tenu à pousser le caddie lui-même, sûr de lui et si vaniteux qu'il s'attardait à parler avec la caissière, lui laissant sous les yeux l'objet dérobé en évidence, jouant non pas avec le feu, non pas avec la loi, mais avec l'innocence, bonne journée et bravo pour votre amabilité. Ce monstre, pour eux je l'étais.

(Je n'ai jamais douté que j'aurais pu devenir un voyou ; avec le Pb pour père, avec pour camarades d'école les pires loubards de Bagneux

< nouveau lapsus : Bagneaux, ai-je écrit, et ce sera toujours ma mystique à moi, ce qui me rattache viscéralement à Pasolini plus encore qu'à Genet, qui n'a pas connu les grandes concentrations urbaines : un bagne pour agneaux ; voilà ce qu'étaient nos cités, agneaux blancs, agneaux noirs, tous dans le même bagne >, j'étais fort bien parti pour ferrailler les étoiles et faire des étincelles dans la délinquance. « Les livres, disait ma Nush, ma pharaonne aux papyrus. Les livres, c'est la seule chance. » Derrière tout ce papier, tous ces masques d'érudition, ne serais-je pas au fond un voyou planqué ?)

... et pour finir, de ma tentative de vengeance, ils se revancheraient encore.

Deux soirs plus tard, dans un bistro du bled : « Si vous nous aviez vu ! racontera le petit-cousin, moi total foncedé et le Willy mort de trouille ! Et la moto, toute raide plantée debout, le guidon fiché en terre ! » J'aimerais dire, j'aimerais y arriver, ce qu'est un rade de village, l'automne, l'hiver, quand les vitres suent une éternelle buée grasse, entre deux billards, entre deux bières âcres. J'aimerais dire ce que c'est, ces endroits de vieux où la jeunesse est réduite à se rendre, et devient une jeunesse vieillarde. Comme pour les vieux qui ne sentent plus ni le chaud ni le froid, qui ne sentent plus rien à vrai dire, on est là, coincé sur de la moleskine gluante, les coudes collés à un formica poisseux, et l'on survit entre la brûlure des calorifères et le courant d'air gelé passant à toutes les huisseries; on peine à respirer, entre le nuage de tabac et l'odeur de pisse fusant de la porte western des chiottes, tandis que sous les néons, dans la lueur de morgue, monte du sol, des paires de croquenots et des paires de baskets, l'odeur de laine mouillée et de pieds douteux confits dans la chaussette. Je regardais les copains de Fred attablés autour de nous et je jouais à un jeu idiot : de qui venait la plus vilaine odeur? sur lequel des fronts gras s'inscrivait la plus crasse bêtise? « Eh! Will! Réagis, dis-leur que c'est vrai, que je charrie pas! »

« Ce n'était pas drôle, je dis, pas de ces choses dont on a envie de se souvenir. »

. . . .

Ceci, encore : dans ce bistro de Rueil, le mieux famé du coin, toutes les machines — un billard français, un billard américain, un juke-box, deux war-games et trois baby-foot —, toutes portaient, rivetés au monnayeur, le cachet métallique de mon père et le timbre fiscal, à son nom et son registre d'entreprise.

Ce samedi soir, mon père aurait dû venir me chercher. Puis s'était défaussé, annonçant un retard de vingt-quatre heures. Normal. Rien que de très normal.

. . . .

Fred grimaçait, riait et se soutenait les côtes de douleur, gloussant, racontant :

« C'est la nuit, imaginez..., avec les phares qui éclairent les panneaux SORTIES DE TRACTEUR, il y en a de plus en plus, putains de panneaux, et des triangles aussi : CHAUSSÉE GLISSANTE !, des triangles jaunes qui brillent, et voilà pas que Willy hurle dans un virage... »

Ce que Fred omet de dire, c'est la boue partout, la bruine qui tombe, le verglas qui prend, et ces pancartes en grosses lettres rouges :

! BETTERAVES !

où l'on entendait bête plutôt que grave, qui signalaient un peu trop tard le danger encouru en cette nuit où nous rentrions de boîte par les lacets de campagne, Fred ayant bu tant de bières et fumé tant de pétards qu'il n'arrivait plus vraiment à démarrer ni même à maintenir sa bécane sans la béquille, fonçant dans la nuit et le froid humide de l'automne, c'était la nuit, oui, la route de Rueil encore, retour de l'affreuse ville de garnison, et Frédéric se prenait pour un grand champion, couchait la moto jusqu'à ce que nos genoux ressentent la friction brûlante du bitume et soudain glisss ! gazzz ! Décollage !

et le bistro trouvait ça très drôle, la meute s'agglutina sur la moleskine, tandis que Fred essayait son grand rôle : « Nous v'là dans le champ, moi toujours raide, je me marre et je vois le Will qui blanchit en me regardant et je suis son regard, et je vois mes mains pleines de sang mon blouson plein de sang, heureusement que j'étais pas seul ! », pas seul, non, connard, et je crapahutais dans les sillons détrempés, de la boue à mi-mollet et je le maudissais, j'avais froid, la route était noire, sans lune ni étoiles, sans phare à l'horizon ni même la lueur d'une fenêtre allumée dans une ferme, et je le haïssais, trop con, j'ai compris que je ne l'aimais pas, que je ne l'avais jamais aimé, dès l'enfance, ni lui ni son frère, ni eux ni leurs parents, que je détestais ce miroir tendu tel un viol de mes rêves, de mes espoirs, de mes constructions mentales, je le haïssais parce qu'il m'avait fait peur, il avait failli me tuer, me blesser, m'avait seulement fait tomber dans la boue, dans la nuit, et d'une chute plus essentielle que je ne pouvais le formuler alors : ce type et son monde me tiraient vers le bas, je devais me sauver, me sauver de là.

Dans la voiture qui passa enfin et m'embarqua, le conducteur insistait : « Ça va que vous avez une bonne tête, sinon je ne me serais pas arrêté, en pleine nuit, couvert de boue comme vous l'êtes. » Il était assez beau, grand, les cheveux blonds filés de blanc, les yeux clairs pour ce que j'en voyais dans la pénombre, et portait très curieusement à cette heure de la nuit des jodhpurs écrus enfilés dans des bottes d'équitation bicolores, noir et fauve. Ses jambes étaient longues, ses cuisses fuselées. On est entrés dans un sous-bois, le chemin de terre a laissé place à une allée de gravier, et je me suis retrouvé devant un ancien moulin à eau monumental et comme trop beau, artificiel dans l'obscurité, sorti d'un décor de cinéma ou d'un esprit d'enfant : « le moulin » disait-on dans la région, que je reconnus presque aussitôt pour l'avoir vu en photo dans les magazines, qui était le domaine des héritiers de la verrerie. « Vous êtes le fils ? » demandai-je. Il sourit, un peu triste : « Je suis le petit frère. Le raté de la famille. La bouche inutile. » Je restais sans voix, penaud, fixant le marbre blanc du sol où mes pieds laissaient deux mares noires. « Vous voulez vous laver, vous sécher au moins ? » demanda-t-il, hésitant, lui-même embarrassé, cherchant quoi dire, quoi faire de moi, le temps que le Samu passe me chercher. (Va ! aucune douche ne laverait cette boue insinuée en moi, ce goût de ferraille et d'acide, de rouille et de mort, qui me tapissait la gorge.)

Le café (le jus de chaussette, la lavasse) fume dans des bols où il y a intérêt à mélanger du lait et beaucoup de sucre. Les tartines sont à la margarine.

Inès veut me faire parler, joue les braves femmes. « Et Anouk, elle vit seule ou elle a quelqu'un en ce moment ? » Moi songeant *Espèce de mégère, ça te regarde* ?, saisi soudain d'une pulsion qui me fait peur à moi-même, où je me vois très bien lui saisir le cou, puis l'étrangler

< t'écrabouiller la gueule, enfoncer mes pouces dans tes yeux en trous de pine et voir voir si je peux les faire sauter, des fois, comme les calots qu'on dégomme à l'école et t'arracher la langue après le pire de tes organes >

au lieu de quoi je m'entendis répondre : « Elle est amoureuse. » J'ai dû prononcer ces mots avec des rasoirs, des crapauds et du fiel plein la gorge. Être amoureux, moi, me tuait.

« C'est un pilote de chasse, il a son propre coucou et il nous promène dedans.

— Formidable », fit Inès.

Le rouge de la jalousie lui bouffissait la face.

« Il est marié et il ne peut pas divorcer. Il a un fils malade d'une maladie bizarre, en fauteuil roulant, qui parle pas, mange à la cuiller comme un bébé, fait pipi sous lui, aussi le fauteuil est percé... »

J'aurais pu continuer longtemps. Le macabre m'inspirait.

Inès sourit idiotement : « Pauvre Anouk. »

Dans la voiture du retour, j'ai demandé au play-boy : « Elle va mourir, c'est ça? » Il a freiné, on a bien failli choper la glissière, puis il s'est rabattu vers la première aire avec Restoroute. On a commandé n'importe quoi, sans ouvrir les cartes, des plats qui occuperaient la surface de la table, faute de meubler la discussion. Je me souviens que la serveuse nous épiait avec angoisse, elle tremblait en débouchant la bouteille de vin, puis, repliant bien vite le tire-bouchon dans la poche ventrale de son tablier blanc, fila sans guetter ni merci ni sourire.

À la seconde bouteille, il se décida à rompre le silence : « Tu sais que ta mère et moi, on n'est plus ensemble, fit-il d'un sourire niais qui se voulait rassurant. Aussi, je ne suis plus au courant de sa vie, de ses ennuis comme de...

— *Come on !* Vous vous téléphonez trois fois par jour. Et c'est pas pour parler de moi.

— Will ! *Sunny boy !...*, tu es notre réussite à nous, notre fierté rien qu'à nous. Est-ce que tu le sais ? »

Il écrasa entre deux doigts les larmes qui troublaient sa vue. Je ne me souvenais pas l'avoir déjà vu pleurer. Or, il pleurait de la même façon que tout le monde, et cela me gênait. Je regardais les chevalières et la montre, l'œuvre argent et turquoise des orfèvres captifs. J'aurais voulu prendre les mains puissantes, les serrer, les embrasser. J'ai renoncé à toute autre question. Qu'est-ce qui s'était passé ? Rien ou presque. Ce qui se passe mille fois par seconde en tous les points de la planète : un rêve avait explosé en plein vol.

Brisés, nous dérivions au loin, trop loin les uns des autres, Nush m'entraînant dans une banlieue asilaire du sud de Paris d'où je m'enfuis presque aussitôt, le play-boy s'installant quant à lui au bas de Montmartre, dans un grand studio sinistre bien vite équipé d'une maîtresse dépensière et trop conne, à qui il offrit un restaurant rue de Jussieu (elle y avait été serveuse dix ans, voyant comme une revanche sociale d'en devenir la patronne : alors, elle se cala les fesses sur un tabouret derrière la caisse, et les fesses enflèrent, les jambes, les chevilles avec, l'estomac tripla de volume, les seins, curieusement, donnèrent l'impression de fondre quand tout explosait, les bras, les épaules, la gorge, le menton et les joues. Un jour, le Pb la trouva trop moche pour la sauter, et elle le quitta pour cause de négligence, lui à demi ruiné, elle assise sur un paquet de cellulite et le revenu de ses affaires, non plus un, mais trois restaurants et deux snacks pour étudiants. Du beau travail. Je vois bien que cette dondon (« cette putain recyclée », disait Nush par une jalousie anachronique, mais il est probable que la jalousie, ici, disait vrai sans le savoir) mériterait à elle seule un roman. Curieusement, ma haine pour elle n'a d'égal que l'ennui qu'elle m'inspirait : haine et ennui sont de très mauvais moteurs. En fait, j'avais honte d'elle, honte de voir mon père avec elle, m'obligeant à dîner en public avec elle. La honte bue, il me resterait quoi à écrire ?)

Non loin, une tablée de chasseurs hurlait si fort que toute la salle profitait du récit de leurs carnages. À un moment, l'un des chasseurs nous dévisagea, cligna de l'œil à ses copains et dit : « Le joli petit couple. » Le play-boy me regarda affolé, il prit le col de la bouteille sur la table (oh ! je savais le scénario par cœur, bientôt une bouteille serait fracassée sur un recoin de table, bientôt un type trop con aurait sous les yeux le tesson que mon père se proposait de lui enfoncer dans la gorge s'il ne présentait pas d'excuses), je pris son poing, dénouai ses doigts du goulot et le suppliai : « On se tire de là. Viens, papa. »

Dans l'Alpine, une odeur de cuir mouillé montait, et de graisse de moteur, et le parfum Chanel du play-boy, aussi.

< est-ce que ça se fait de dire Papa j'aime un autre homme Papa je me suis fait enculer et j'ai aimé ça Oh ! pas autant que j'aurais cru Pas comme je me le figurais sur l'écran noir des interdits, mais je le voulais tant que ça m'a plu pour finir non, tout le monde sait bien que ça ne se dit pas d'ailleurs personne ne le dit l'Abomination de ta Race Le Temple de ton Corps sans descendance Espèce de Bête Espèce de rien enculé de néant >

Lui, alors, ses mitaines de cuir broyant le volant : « Je ne sais pas si elle va mourir, mon fils. C'est une récidive. Une sale rechute. C'est tout ce que je sais. »

Moi : « Je veux pas qu'elle meure. »

Lui : « Moi non plus, *Sunny boy*. On va l'aider. On va essayer. »

Moi : « Va pas si vite, papa, je t'en supplie. Ralentis. J'ai peur. »

Lui : « Je roule normalement. »

Moi : « Papa, l'aiguille est à 220, elle tremble, tous les voyants sont au rouge et j'ai peur. »

Lui : « Je lève le pied. On se calme. »

L'aiguille redescendit à 160. Je respirais.

Lui : « Cesse d'avoir peur. Ne fais pas tout un cinéma de cette bricole, là..., ce gadin en moto. Oublie ! Il faudrait que tu t'endurcisses, tu sais. Mon garçon, je te dis ça par amitié, pour ton avenir. Enfin, je ne m'inquiète pas outre mesure : du jour où tu conduiras toi-même, tu te maîtriseras et tu sauras la bonne vitesse. »

Ce fut l'un de nos derniers échanges — les derniers mots que je garde de lui, ainsi que les dernières cicatrices : à cause de la vitesse, j'ai eu dans ma vie annoncée trois accidents spectaculaires, d'où j'ai réchappé chaque fois par miracle, si j'en crois les garagistes, les casses et la maréchaussée. C'est seul, tout seul, que je me jetais contre les murs, les talus ou au fond des fossés.

Noces de Fred Vitti

Cette route, à nouveau, trois ans et huit mois plus tard, par un été de sécheresse. Le goudron cloque et pète sous les pneus, les jeunes maïs fondent, cuits et recuits — une année foutue.

« Mets les essuie-glaces », crie-t-elle en se penchant à mon épaule.

Une génération suicidaire d'insectes englue le pare-brise.

« Ils ne marchent pas. »

Ça contient beaucoup plus de sang et de matière qu'on ne croirait, les insectes.

Nush a décidé de faire la tête, mais je sens bien qu'elle voudrait rire. C'est elle qui a voulu que je décapote la 2 CV. « Tu seras toute décoiffée en arrivant.

— Pour ce que ça changera... »

C'était fini, l'époque des séances chez le coiffeur, les teintures, les anglaises et les postiches. La nouvelle ère était aux cheveux blancs revendiqués et au chignon bricolé d'une barrette et de trois, quatre épingles. Nush portait une vieille robe noire qui avait l'air de se foutre de tout — plus verdâtre que noire.

« Tu aurais pu te maquiller, au moins.

— Est-ce que je te demande, moi, pourquoi tu n'es pas rasé, pourquoi tu as les yeux au milieu des joues, pourquoi tes cheveux ont l'air lavés de l'année dernière ? Pourquoi tu te couches à six heures, alors que tu aurais dû venir me chercher à huit heures ?... Est-ce que je te demande pourquoi tu saignes du nez, encore et encore, qu'un jour on devra t'opérer ?

— J'ai lavé mes cheveux hier.

— Et pourquoi tu n'as pas retiré tous ces anneaux, hein ? Avec une tête pareille, tu crois vraiment gagner leurs suffrages, à ces péquenots ? »

Se taire, surtout ne pas répliquer. Je plisse les yeux pour essayer d'y voir sous la couche visqueuse du pare-brise, me frayer une fenêtre (une meurtrière, plutôt) entre les élytres et les abdomens d'insectes.

La vieille guimbarde n'a pas seulement perdu ses essuie-glaces : son plancher est percé côté conducteur ; dans le trou, on glisserait un poing, mais, au rythme où va la corrosion, bientôt c'est l'un de mes pieds qui y passera. La portière côté passager ne ferme plus, et j'ai bricolé pour mon Nushi une ceinture de sécurité rudimentaire : un tendeur raccrochant sa portière au frein à main. Dans les gros virages, le sandow se détend, elle se laisse aller contre moi une ou deux secondes avant de se rattraper à sa poignée. Elle rit comme dans le grand-huit, comme dans les attractions violentes, comme si ce n'était pas vraiment contre moi qu'elle se réjouissait : impression qu'à mon image et à mon contact se superposent ceux du play-boy, réminiscences d'une époque gamine où ils allaient tous deux aux manèges forains.

« Un jour, à te trouer d'aiguilles et d'anneaux partout comme tu le fais, tu crèveras du tétanos, de la septicémie, ou de ton irrespect. Un jour, tu te videras par le nez. Et cette voiture, tu ne peux pas la pousser un peu ? On va arriver quand ? Pour le baptême du premier enfant ?

— C'est une 2 CV, Nush. Une 2 CV qui a plus de vingt ans.

— Amer aurait pu te prêter son cabriolet. Ç'aurait été moins la honte.

— Tu as décidé d'être odieuse pour toute la journée ? »

Oh ! la ruine ambulante n'est pas si chargée. Je vole en pleine acmé d'une phase anorexique, ce qui pèse le plus chez moi pend à mes chevilles (soit une paire de boots noires au bout ferré aussi tranchant qu'une lame, « Des chaussures de voyou, accusait ma mère, des chaussures pour tuer ») et, pour tout viatique, j'ai trois sacs plastique d'une herbe récoltée la veille dans un jardin de grande banlieue, qui occupent dans le coffre un volume trompeur sans dépasser cinq cents ou six cents grammes. Nush est tombée sous la barre des cinquante kilos, elle se déplace léger, avec juste le cadeau de mariage et le vanity-case noir (un cadeau du Pb) qu'elle met un point d'honneur à nommer baise-en-ville : un coffre-fort de poche dont les fermoirs sont gravés à ses initiales (c'est-à-dire : ses initiales de femme mariée, mais qui avaient encore cours puisque, même après qu'ils se furent résignés à divorcer, elle demanda à garder le nom du playboy, lequel accepta, ému, ce gage étrange d'une fidélité dans l'au-delà du mariage, promesse tacite que jamais elle ne serait l'épouse d'un autre que lui), cette mallette noire, donc, où tiennent juste la culotte, le soutif, le collant du lendemain, la brosse à dents, la brosse à cheveux et le minimum du devoir-paraître, mascara et crayon de khôl. Où glisse aussi, bien calé entre les précédents, le gros flacon orange, un litre de la potion antidouleur portant l'étiquette blanche et bleue au nom du pharmacien préparateur.

Nush ne se maquille plus : elle a jeté les fonds de teint, les poudres, les rouges à joues et les rouges à lèvres. Elle se contente de noircir et d'agrandir encore ses grands yeux noirs. Songer que naguère, voilà cinq ans, voilà une éternité..., elle n'aurait pas pu se déplacer une seule nuit sans une valise pour elle, son arsenal de cosmétiques dans la mallette et une seconde valise pour les hommes, le mari coquet et leur fils qui semblait parti sur les traces du père. C'était avant, avant que le gosse fasse sa propre éducation, sa propre expérience du regard des autres, et décide de sa propre coquetterie — tous ces anneaux auxquels se mêlaient çà et là des brillants, cadeaux du garçon à la belle voiture, Amer. « Enfin, souffla-t-elle, j'imagine que je devrais me consoler. Ça pourrait être pire. Tu pourrais être tatoué de la tête aux pieds. »

J'ai souri. Me faire tatouer comptait parmi mes projets d'été. Seul Amer retardait mes plans en réclamant un droit de regard sur le tatouage à venir, son motif comme son emplacement. Du vanity-case, elle sortit un flacon d'ambre solaire, s'en enduit le visage, les épaules et le décolleté, puis se tourna vers moi d'un air de défi : « Quel besoin de me maquiller ? Le temps d'arriver là-bas, je serai bronzée comme après quinze jours de plage. » Elle me tira la langue et poussa un petit cri de victoire.

Ce samedi-là de juillet, c'est Fred qu'on marie. On annonce une pluie d'étoiles pour la nuit. Les télévisions, les journaux ne parlent que de ça.

Avec qui Fred se mariait-il ? Je l'ignore. Je veux dire : je l'ignorais le matin même où je me levai pour aller à ces noces, et je n'ai aucun souvenir de la voix de cette fille, son épouse, et l'ignore encore aujourd'hui, ayant tout à fait oublié et le prénom et le visage de l'épousée : elle est une figure blanche et muette comme dévorée par le blanc de sa robe.

De ce mariage-ci il n'y aura pas de photos officielles : on marque le pas et on fera l'économie d'un photographe comme de beaucoup d'autres signes ostentatoires, les tulles sur les voitures et les grandes gerbes de fleurs. Même la mariée avait troqué sa robe à traîne et son long voile lacté pour une petite robe sèche et informe, au blanc horriblement blanc, et une couronne de fleurettes artificielles. Le Coq hardi était un lointain souvenir.

La cour d'honneur de la Manufacture était déserte quand nous sommes arrivés dans la 2 CV époumonée. Les tréteaux de l'apéritif restaient en plan, amas de bouteilles vides, de cendriers pleins et de gobelets en plastique qui, sous les bourrasques, s'envolaient ainsi que les feuilles de sopalin. « Brrr... », fit Nush.

Elle inspira puis entra la première dans la salle des fêtes, un préfabriqué grisâtre, tel un mobil-home géant auquel on aurait retiré ses essieux avant de l'atteler aux bâtisses originelles, qui faisait office de salle de réunion pour les comités d'entreprises, les syndicats, les assemblées générales où l'on renonçait depuis bientôt trente ans à voter les grèves et où la direction offrait les pots de départ en retraite, le banquet du saint patron des verriers, ainsi que l'Arbre de Noël des enfants. Pour les mariages de leurs enfants, aussi, les employés avaient droit à la salle, louée pour une somme modique qui remboursait tout juste, assurait-on, les frais d'électricité, de gaz et de nettoiement.

On avait raté l'église, la mairie.

On avait raté le vin d'honneur.

On arrivait pour les timbales de colin mayonnaise.

Le plancher vibrait et résonnait dans les jambes, à donner le tournis. D'entre les lames une odeur épouvantable remontait, d'égout, de latrines — à croire qu'une fosse septique s'était éventrée sous le poids de la noce.

Tous étaient assis, les serviettes en papier dépliées sur les genoux ou glissées dans l'encolure tels des jabots tournés très vite à la bavette.

Le silence qui marqua notre entrée (la stupeur, peut-être, et c'est très lourd, très muet, très incroyablement bruyant ce mutisme de cinquante convives bouche bée comme si chacun avait fichée dans la gorge une énorme arête de poisson) me fit comprendre que quelque chose n'allait pas. J'ai aussitôt regretté de n'avoir pas ôté quelques anneaux, pas fait l'effort d'un air de fête — une pochette blanche, un œillet à ma boutonnière. Je me sentais comme sorti d'une poubelle. Nush elle-même semblait interdite, hésitait à entrer. Elle se tenait, si menue, si vulnérable dans l'embrasure de la haute porte, je me suis tourné vers elle pour m'excuser et lui offrir mon bras. C'est alors que je compris : dans le contre-jour, sa fichue robe noire était toute transparente.

« Un fourreau », c'est ainsi que les vieilles nommèrent la robe fragile avec son air de papier de soie, vert-de-grisée et déformée, mais qui même neuve, même fraîche le jour où elle quitta l'atelier de Manya, n'aurait pas eu pas sa place pour des noces..., fourreau de je ne sais quoi, crêpe de Chine, mousseline ou soie, peu importe : le scandale était dit, répété, grondé : « Transparent », se récriaient les vieilles, leur cervelle bouillait sous le *blue rinse* et la permanente. « Du noir, du transparent ! Elle se moque de qui ? » — et il faudrait tenir toute la journée, toute la nuit si nous insistions dans cette tenue qui n'était pas vraiment se tenir, ni même un habit dans la mesure où elle était plutôt à poil, et je la maudissais autant que je l'adorais.

Avant même de monter en voiture, elle avait prévenu : « Mettons-nous d'accord : pas question d'y passer la nuit, tu m'entends ? pas question non plus d'y retourner le lendemain. On file notre connerie de cadeau, on vide deux bouteilles de champagne, deux trois tours de piste — tu me feras valser, promis ? —, on rentre dormir à l'hôtel et on passe le dimanche à se dorer autour de la piscine. N'oublie pas de prendre un maillot ». Incrédule, presque déçu, je m'étais inquiété en réalité qu'elle n'attachât pas plus d'importance à cette corvée qui me faisait lever tôt et de mauvaise humeur, mais que j'acceptais parce qu'elle consacrait tout de même le mariage de Fred, le fils d'une cousine même lointaine, même extraterrestre ; un enfant de mon âge que Nush avait connu, et traité, et nourri, et choyé comme un autre fils, oui, j'étais choqué de son indifférence à l'égard de quelqu'un qui m'était associé au-delà de ce que je pensais. J'ai protesté : « Mais si ça t'emmerde, toi, peux-tu me dire pourquoi tu m'as demandé de t'accompagner, moi que ça emmerde mille fois plus ? », et elle goguenarde, comme envapée (je me suis demandé si elle n'avait pas bu dès dix heures le matin ou fumé de ce haschich qui l'attirait tant, parce qu'elle savait qu'il atténuait la douleur comme les nausées et m'avait maintes fois vu, aussi, rendu hilare par les bouffées de pétard ou les déflagrations d'un choubang), elle, du coup, se payant ma tête : « Comment voulais-tu que j'y aille ? en autocar, en stop ? il n'y a jamais eu de train pour ce bled pourri. Déjà enfant, déjà pendant la guerre, faute d'une voiture, il fallait un bon vélo et des mollets à la Fausto Coppi pour s'y rendre... »

... ce nom de Fausto Coppi réenclenchant pour moi toute la mémoire d'un temps où je n'étais pas né, où ma mère était à peine née, où j'aurais pu ne jamais naître puisqu'il s'en fallut de rien, de si peu, d'un exode dans ce trou perdu de Rueil, précisément, pour que la fillette nommée Anouk Rosa, nommée ailleurs, dans un autre roman, Lou, ou bien Nadia, ou bien Éliane, sans que cela change rien à notre histoire présente puisque les errants, les exilés, les persécutés dont je parle ont pour destinée de changer de nom aussi souvent que de frontières, mémoire de ce que je n'avais pas vécu mais qui me hante aussi bien, sinon mieux, que le maigre synopsis des événements de mon existence, « Fausto Coppi » disait-elle dans un accès de faux émerveillement, Fausto, et ce n'était pas tant pour raconter ses sprints que pour insister ingénument sur ses entrées triomphales dans l'enceinte du Vel' d'Hiv après guerre, comme si de rien n'était

< rien non   presque rien   juste qu'elle a survécu   juste que je suis né   rien sauf peut-être cette peur qui ne veut pas lâcher prise >

comme si Fausto Coppi effaçait la faute, écopait la faute, acclamé par une foule du dimanche en liesse, la même qui, quelques mois, quelques années plus tôt, eût dénoncé ma mère, ma petite mère, mon seul amour, avec tous ses semblables pas semblables du tout, pas plus semblables entre eux que ne se croyaient pareils, du préfet de police au concierge d'immeuble, tous ces spectateurs d'un dimanche au Vel' d'Hiv et les divers exterminateurs des diverses Anouk, Nadia et Lou, les envoyant au massacre moderne, vers une mort industrielle, technocratiquement programmée < nation des Droits de l'Homme   le Pays des Lumières   peu me chaut de vous décourager   heurter votre nouvelle sensibilité   au fronton des mairies Police Pognon Patrie   c'était ma Nush ma mouche au coin de la bouche   c'était ma dame aux violettes mon rosier liane mon lotus sur le Nil   et c'est d'elle que j'écris aussi bêtement   aussi absurdement que chaque matin le jour s'obstine à se lever sans elle   motus bouche d'ombre cousue >... pour la cousine Inès ce scandale liminaire tenant non pas tant à la transparence de la robe qu'à ce décolleté où nul sein (nulle forme de chair) ne faisait défaut, et c'était la première chose qu'elle semblait chercher, elle, quand nous hésitions à pénétrer dans la grande salle et que, en hôtesse, en mère du marié elle s'en vint nous accueillir : « On va se prendre un sacré savon », eut juste le temps de me souffler Nush entre ses dents. Inès n'eut pas un regard pour moi. Elle se planta face à la cousine et la toisa de ses petits yeux plissés sous les hublots. Le décolleté ne passait pas, pas plus que le reste : la cousine Anouk n'en finirait donc jamais de mourir ? Elle rechutait, elle en était à combien ?..., deux, trois récidives ?, on la passait sur le billard, on la mitraillait de rayons, on la flinguait à coups de chimios de plus en plus violentes — et elle renaissait, embellie à chaque épreuve, chaque ride nouvelle ajoutant un rayon à son étoile. Même les cheveux blancs, sur elle, faisaient lumière.

La tante Édith lâcha un rot acide qui se voulait un rire. Le marié se leva de table, vint à notre rencontre, et nous dûmes traverser la salle pour faire la bise à la mariée, serrer les mains de ses parents, puis les joues se succédèrent, douces ou râpeuses, sèches ou grasses, et les mains molles, les paumes moites, les poings broyeurs — un irrespirable tunnel de chairs, d'exhalaisons et de sueurs. Enfin, le cousin Samuel hissa son petit mètre soixante pour nous héler depuis une extrémité de ce U que formaient les tables — une diversion, une issue dans laquelle Nush s'engouffra, faisant un petit signe collectif à tous ceux que nous n'aurions pas la joie d'étreindre.

Samuel plaça la cousine Anouk à sa droite. À sa gauche, était une grande femme à la mâchoire inférieure un peu pendante, au maquillage plâtreux, le regard éteint sous l'excès de fards, les cheveux rassemblés au sommet du crâne comme une pelote d'étoupe, couleur de paille et de poussière. Je ne la reconnus pas d'abord, pas plus que je ne reconnus le grand adolescent à côté de qui on m'installa. Nush avait la solution, elle qui embrassa la femme fardée avec force effusions et me dit — empressement tout diplomatique : « Tu te souviens de Flora, bien sûr ? L'épouse de Samy..., la maman de Roxane !

— Pardonnez-moi, mais je suis si bigleux que je me fais peur tout seul dans les miroirs.

— Bigleux ? Surtout très étourdi ! corrigeait Nush, pas très à l'aise.

— Je sais ce que c'est, marmotta le faux travelo blond d'une voix tabagique et sépulcrale, ce que vous dites là..., cet effet sur les miroirs. C'est très vrai, qu'on soit myope ou pas. »

L'adolescent aux longues boucles noires posa une main sur mon épaule : « Moi, c'est Hippo, le frère de Roxane. T'es pas obligé de te souvenir. Salut quand même. »

Sa main sur mon épaule pesait et brûlait sans raison, tel un fer qui eût traversé les épaisseurs de la veste. Ses yeux étaient si verts qu'ils en paraissaient suspects : on aurait dit des pierres fausses.

« Vous êtes vachement en retard, dit-il, joyeux. Je crois bien que vous avez été maudits pour le reste de vos jours, Anouk et toi. » Il pointe ma poitrine : « Originale, la cravate noire... Pour un mariage, fallait y penser. »

(Quelques heures plus tard, au bord du fleuve, il se mettra à rire : « Vous aviez une de ces touches, ta mère et toi, en débarquant ! » Au moment de répliquer : « Ta mère à toi n'était pas mal non plus », je me retiendrai. Sans doute les convives ont-ils réellement frémi à la seconde où nous apparaissions, Nush et moi, plantés sur le seuil de la grande salle des fêtes ; sans doute ont-ils pris peur à la vue de nos livrées noires, avec nos airs d'oiseaux de malheur comme s'il nous fallait insister et plonger le pays dans un peu plus de pénombre et d'effroi. Alors oui, ils ont bien dû nous maudire.)

La chaleur sous les dalles d'amiante était à tomber. Le plafond semblait un gril géant. Ça n'avait pas l'air de trop gêner les convives, habitués sans doute à la brûlure des fours, aux maisons surchauffées des hivers d'ici.

« Tu veux un joint ?

— Ils sont en train de servir les pâtés en croûte.

— Je t'assure, Hippolyte, que personne ne remarquera notre absence.

— Vas-y, alors. Je te rejoins dans une minute. Après les hangars, sur la gauche, juste avant les fours, il y a une pergola avec un banc de pierre. »

Il mit presque dix minutes et fut tout étonné que je l'aie attendu pour allumer le joint. Au contraire de sa sœur, Hippolyte s'exprimait en peu de mots. Dès la deuxième bouffée d'herbe, il bascula la tête en arrière, les paupières closes, les narines dilatées pour mieux humer le parfum des chèvrefeuilles sous la tonnelle, me sembla-t-il. J'entendais dans notre dos la turbine des fours, la rumeur des souffleurs, cet ahan général et grandiose répercuté par les hautes arches du bâtiment. J'ai fermé les yeux à mon tour. Était-ce l'ombre des chèvrefeuilles ou l'herbe pure qui rafraîchissait l'oxygène et le sang de mes veines ? La canicule s'était évanouie, chassée tel un nuage, mon corps avait le poids et l'épaisseur d'une feuille de saule. Hippolyte colla son épaule à la mienne, puis il allongea une cuisse contre la mienne, passa sa jambe sous la mienne et noua nos pieds.

Je n'ai qu'un souvenir parcellaire et défaillant des heures qui suivirent. J'évitais Hippolyte, son contact comme sa vue. De groupe en groupe, je m'abandonnais à des conversations dont je ne me serais pas cru capable une seule seconde. La salle des fêtes était si triste, si laide avec ses chaises pliantes en plastique, son atmosphère confinée et ses remugles de lisier qui montaient du sol. Je regrettais Amer. Sans le désirer lui, il me semblait que sa venue aurait fait diversion, qu'il m'aurait délivré, emporté loin de cette étuve où tout espoir en l'humain menaçait de fondre et de fuir par les lames du plancher.

Une bouffée panique s'emparait de moi à me retrouver bouclé là, dans cette salle qui représentait tout ce à quoi j'avais désiré échapper, et Nush avant moi, cette salle avec son air de baraquement cerné par les grilles noires de l'usine — ce décor où nous abordions tel un ancien taulard les faubourgs d'une ville qui héberge une prison.

« Tu es trop snob », aurait dit le play-boy, et je sais bien comment lui aurait abordé les lieux : avec le sourire, d'abord, avec aussi cette façon de voir qui n'était qu'à lui, qui lui faisait trouver n'importe où dans le monde ce qu'il recherchait, et sans doute serait-il parvenu à trouver dans cette salle blanchâtre, anonyme et nue (en cela vierge, se prêtant à toutes les projections), quelque élément lointain cousin d'un *dinner* de Chicago ou d'un bar d'hôtel à Vegas — une salle au fond très américaine, un gros cube volant tombé du ciel dans un champ de patates du fin fond d'Idaho puis transplanté ici, en plein pays de la betterave, telle une verrue au flanc de la manufacture de cristal, ses hautes façades de brique rouge, ses cheminées noires de paquebot.

La 2 CV grise excita un peu de pitié — quel déclassement, disaient les yeux des hommes ; quelle sanction, disaient les yeux des femmes, si l'on se rappelait le luxe des voitures du play-boy, les moteurs feutrés, les sièges en cuir et le téléphone au bas du tableau de bord.

Édith, la doyenne : « Tout de même, ça doit faire un choc. Quand on pense à tes belles années..., ton mari si gentil. »

Femmes de la noce : « Son mari si beau gosse ! »

Nush : « Je le regrette, lui, mais pas la vie qu'on avait ensemble. »

Femmes de la noce : « L'avait tout de même la vie facile. »

Édith : « Facile et convenable. »

Nush : « Je suis la maîtresse d'un homme marié qui ne divorcera pas pour m'épouser. C'est un aviateur de l'armée, un pilote de chasse. »

Inès, à l'intention des autres femmes : « Il a un enfant très malade, en fauteuil. Un gamin incurable. »

Nush, au bord du fou rire : « De qui parles-tu ? Quel fils malade ? Ses deux enfants se portent comme un charme. Jusqu'à hier soir, en tout cas, ils allaient très bien. »

Inès : « J'ai cru..., enfin c'est Will qui m'a dit... »

Nush : « Will ? Il faut toujours qu'il invente. Il ne ment pas vraiment, tu sais. Il arrange, il donne un petit coup de pouce à la réalité. »

Inès : « Mais alors, pourquoi l'autre ne t'épouse pas ? »

Nush, haussant les épaules : « Il faudrait divorcer. Peut-être craint-il pour sa carrière, les étoiles qu'on lui a promises... On ne divorce pas beaucoup, dans son monde. Et puis, je suis libre. Trop seule, mais libre. »

Édith, marmonnant entre ses bridges et ses implants : « Elle a toujours été fière. Je ne vois pas pourquoi. À sa place, je me ferais l'effet d'une putain ou d'une cinglée... »

Femmes de la noce : « Folle, elle est tout à fait folle. »

Nush : « ... et d'autres fois, lorsqu'on part dans son coucou, — parce qu'il a un bimoteur à lui —, quand on vole au hasard et qu'on atterrit sur des côtes, des îles que je n'avais jamais vues, que je n'imaginais pas, tous les deux, seuls au monde, je me dis que c'est ma vie. Ma vie ! — je n'en ai qu'une. Je descends le marchepied et je cours dans la mer, et je me dis qu'il n'y a qu'un tour, un seul tour. Et je ne lui demande rien, à cet homme, je lui demande seulement de continuer, de me promener en avion et de me dire que je suis belle. »

Béance des bouches. Brochette de commères médusées. (Encore ignoraient-elles ce que je savais pour mon plus grand tourment : le fameux pilote était si imbibé de whisky, du matin au soir, qu'on le voit mal viser une piste d'atterrissage. L'aimer, l'accompagner, c'était flirter avec le suicide.)

Inès : « Comme c'est triste, tout ça. Entre nous, cousine, tu ne crois pas qu'on a passé l'âge de faire des folies de notre corps ? »

Les femmes de la noce partent d'un grand rire unanime.

(Quelques heures plus tard, me racontant la scène, Nush s'emporterait : « Triste ? Qu'est-ce qui est si triste ? Cet homme qui ne veut pas se marier avec moi et qui s'occupe de moi mieux que bien des maris. Triste ? Mais quel homme qui voudrait refaire sa vie s'engagerait avec moi, qui vais mourir ? Triste ? Il est la chance du reste de ma vie, oui ! »)

La cousine Anouk ne se démonte pas : « Entre nous ?... Je vais te dire une chose toute simple : je fais ce que je veux de mon futur cadavre. »

À son tour, elle s'est mise à rire, sans entraîner personne. Rire la fait tousser, elle s'étrangle, elle crache. Ces dames regardent ailleurs. Quel spectacle ! rugit le chœur en sourdine. Quel embarras pour le monde ! On ne sort pas dans cet état. On ne se montre pas.

Édith : « Et ton fils, Anouk ? Comment il prend les choses, ton fils ? »

Nush hausse les épaules : « Il vit sa vie. »

Édith : « Quand est-ce que tu le maries, alors ? »

Nush, sèchement : « Il est jeune. Il a tout le temps. »

Gens de la noce s'esclaffant : « Et alors ? Ton mari à toi, il en avait bien dix-sept ! »

Gens de la noce nouveaux venus : « Dix-sept ans ? »

Vieilles connaissances se souvenant : « Une dérogation, il avait fallu, pas moins qu'une dérogation du tribunal des mineurs. »

Nush : « Merci de me rappeler les bonnes choses. »

Sans doute l'homme enfant — mon père adolescent — avait frappé les esprits avec ses airs de dur qui ne semblent là, sur les quelques photos restées de lui à cet âge, que pour souligner la finesse de ses traits, sa puérilité, la candeur brute qui émane du regard obtus sous la banane de cheveux blonds.

Édith : « Il a l'âge de mon petit-fils qu'on marie aujourd'hui. L'âge normal. Enfin, ce que j'en dis... peut-être que ton fils n'est pas normal. »

Nush, front baissé : « Will est normal. » Elle inspire un grand coup, relève les yeux, défie la vieille : « Mon fils est normal, juste un peu supérieur. »

Suffocation des commères qui s'éventent, s'essorent le front, cherchant sur le plancher un refuge où poser le regard. L'une d'elles, en robe nylon imprimée panthère, se gratte furieusement le creux d'un genou, le dessous de la cuisse, soulève une fesse. Sur les faces marbrées, sur les peaux rougeaudes, sous le masque cireux et jusque sous les crânes permanentés, l'envie poursuit ses ravages.

. . . .

D'abord, on a dit qu'il se voûtait. Il n'était pas encore difforme, mais courbé par un mal qui attaqua les genoux, puis les hanches, puis le rachis. Depuis l'accident d'échafaudage, il avait souffert de nombreuses complications articulaires qui avaient gagné l'ensemble de son squelette. Ses doigts s'étaient tordus tels de vieux sarments, sans lui faire perdre son adresse. Aussi personne ne prit garde à ce dos qui se voûtait, cette poitrine qui se creusait (personne, c'est-à-dire : pas plus son épouse et ses fils que les collègues de la verrerie ou les compagnons de chasse). « J'ai l'impression que ma colonne flanche », confia-t-il un jour à un copain contremaître qui lui reprochait sa lenteur. Bientôt, il peina à soulever les pièces un peu importantes, tels ces candélabres dits de l'Empereur de Chine (un monstrueux réverbère dont l'original n'avait pu être livré dans la Cité interdite, son destinataire d'alors, Puyi, ayant été détrôné). Les lumbagos, les déchirures, les torticolis géants se multipliaient. Inès lui enveloppait les reins dans des bandes de flanelle, puis elle recourut aux ceintures de force, aux gaines de maintien ; enfin, ce furent les corsets, les minerves. Mimmo déchirait ses arrêts de travail.

Il fallut se rendre à l'évidence : Mimmo ne se voûtait pas. Mimmo était bossu. C'était l'irréversible vérité. Verdict ? — Guillotinez. Le pire, sans parler des souffrances mentales, c'est que ça lui faisait mal, très mal, corps parlant.

Ainsi Mimmo Vitti, entré à la verrerie à quatorze ans, en fut-il lourdé à cinquante-cinq passés. On chercherait en vain dans son dossier la mention d'un seul retard, d'un manquement à la pointeuse ou au règlement intérieur. Personne ne se souvenait de son dernier congé maladie, si c'était il y a cinq ou dix ans, ni même s'il en avait jamais pris un en ces quarante années, le bonhomme étant plutôt de l'espèce qui court après les heures sup, qui planque une fièvre, un poumon malade ou un ulcère afin de pouvoir aller gagner sa paie chaque matin et le week-end si l'on veut bien de lui.

Inès, telle que tu la vois, là, ce jour-là, fuyant son Mimmo, fuyant son frère, même ses fils, Inès fait une peine qui point le cœur comme personne né ailleurs ne sait, ne peut seulement imaginer ce que souffre un cœur d'ouvrière pas belle, pas intelligente, même pas très douée de ses mains.

Pour dire sa déception, le mot n'existe pas. Elle avait tant rêvé de la place de la Sorbonne, du café noisette à la terrasse d'un bistrot parmi tous les jeunes gens hagards et érudits qui demain seraient les chefs. Elle avait imaginé plusieurs fois la journée du sacre, les préparatifs du matin, la voiture lavée de la veille, les habits repassés, la cravate achetée exprès pour l'occasion et pour elle, peut-être, un tailleur et des chaussures à talons, elle ignorait ce qu'était un tailleur, l'effet d'en porter un (car elle ne portait jamais que des pantalons de toile ou de lainage, des jeans du marché et des pulls brodés : ses deux ou trois robes étaient réservées aux mariages, justement, des robes d'été, légères, fleuries et peut-être jolies, mais pas des robes du monde, pas des tailleurs à boutons dorés et col rond).

Elle s'était vue arriver en Sorbonne, à quoi ça pouvait bien ressembler, elle l'ignorait aussi, un truc avec une entrée gigantesque, avec un parking si possible (il faudrait prévoir une marge de sécurité, le temps de trouver une place dans les rues infernales), avec une fanfare dans la cour et des appariteurs en habit et grand collier sur le jabot... Un huissier ouvrait les hauts battants d'une porte capitonnée et, solennel, aboyait : « Meilleur ouvrier de France, maître verrier, monsieur Mimmo Vitti accompagné de Madame. »

Est-ce qu'ils iraient aux restaurants du quartier Latin ? Est-ce qu'un soir, au moins, elle serait dispensée de la foutue gamelle ? Est-ce qu'un matin, enfin, elle n'aurait pas à remplir la Thermos, à boucler le barda avec la gamelle, le pain frais, le tricot de rechange et le nécessaire à tabac ?... chaque soir, oui, que le bon Dieu fait, chaque matin que le patron réclame, pourvoir à l'entretien du travailleur de force, à ses milliers de calories, à son slip, son maillot de corps et sa cotte bien bouillis, bien repassés, pourvoir au café brûlant, aux tartines beurrées et le regarder partir en espérant que le bouilleur de cru ne passera pas, ni le contrebandier, qu'ils ne téteront pas la gnôle sur les fours toute cette putain de sainte journée.

Oh ! ses enfants, au moins, étaient à l'abri, appelés à mener une vie correcte. (Le bac en poche, après avoir rêvé de monter un groupe de *heavy metal*, puis de rejoindre la Légion étrangère, le placide Fred était entré comme gestionnaire à la verrerie, dans les étages supérieurs de l'Administration.)

Inès avait fait mieux que son devoir de mère, tout le monde l'en félicitait — sa mère, ses voisines, les commerçantes, la cousine Anouk aussi. Pourtant, une attente en elle demeurait insatisfaite, en suspens, dont elle ignorait la nature. C'était un peu comme désirer à tout prix la réponse à une question qu'on aurait oubliée. L'objectif atteint n'avait pas apporté la paix ni le repos escomptés, au contraire : elle devait se cacher de ses fils, leur épargner la honte de son travail, et les cacher, eux, à ses patrons, comme si leurs diplômes avaient pu être révoqués, annulés par sa nouvelle condition. Ses cauchemars nocturnes ne lui représentaient pas autre chose : on venait arrêter ses fils dans leur sommeil et on les promenait dans le bourg avec autour du cou l'écriteau IMPOSTEUR.

« Employée de maison », ainsi déclinait-elle sa profession, le menton dressé, trouvant à ces mots un reste de dignité, une patine respectable, mais ses fils, eux, n'y voyaient rien de fier, car c'était quoi qu'on dise faire la bonniche, la femme de peine, c'était tout de même torcher les enfants des autres, plonger les mains dans leur crasse, leur porcelaine grasse, leurs draps, leur panier à linge, leur argenterie noircie. Son prénom de romance qui avait tant fait rire et se moquer devint soudain, et tristement, approprié, ses patronnes lui demandant à quel âge elle avait émigré, si elle savait le français en arrivant, etc. L'une d'elles, qui se piquait d'avoir des langues, trouva chic d'ajouter à son nom un *tilde* raté : « Ignès », piaillait-elle, Ignès par-ci, Ignès par-là.

Puis ce fut l'engrenage. On lui donnait des meubles bancals ou pourris dont on ne savait pas quoi faire, et qu'on n'avait pas envie de brûler dans le jardin de plaisance. On lui remettait dans les bras des paquets de linge et de vêtements d'enfants. « Mes fils sont grands, protestait Inès, ils ne mettent plus ça. — Ce sera pour vos petits-enfants », rassurait la patronne encombrée en haussant les sourcils d'un air de dire : « Ne faites pas la fière, ma fille, pas avec moi qui suis si simple et si humaine. »

Elle regarda la piste improvisée — la sono jouait trop fort, de l'avis des anciens, mais les jeunes faisaient plaisir à voir, disait Inès, à se démener comme des beaux diables par cette chaleur. Elle fronça le regard à l'adresse des voisines de table qui, sans vergogne, déshabillaient la cousine Anouk, cherchant la cicatrice, le sein en moins, le bourrelet en trop — mais leurs paupières étaient trop lourdes, trop chargées de fard mauve ou jaune, elles n'y voyaient rien.

Inès relança : « Ton fils n'a pas l'air d'avoir beaucoup dormi, ces derniers temps. Il fait la vie, hein ? Il fait la vie avec son bon copain... comment tu l'appelles déjà ? Omar ? Kader ? »

Nush, d'une voix sourde, traquée : « Qu'ils en profitent, tant qu'il est temps. »

Inès : « Ah ! ces garçons ! Toujours sur les routes... »

Voisine # 1 : « Toujours par les rues, courant la gueuse... »

Voisine # 2 : « Une fille dans chaque ville !... »

Nush, agressive : « Et un marin dans chaque port. »

Mal à l'aise, vexées, les commères se levèrent d'un bloc. Était-ce leur faute à elles ? Personne ne voulait de cette vérité que la cousine de Paris prétendait assener. Médire, d'accord, et imaginer, et supputer : cela, c'était vivre en société. Mais savoir, non. On ne voulait pas d'esclandre, ni déballage ni linge sale en public.

. . . .

Parmi les mœurs singulières de la verrerie, une coutume surprenait plus que toute autre :

c'était le grand banquet donné en l'honneur du saint patron des verriers et cristalliers (dans mon souvenir il s'appelle saint Clair, mais sans doute je fais erreur, j'abuse du son et de l'image), dont la fête se trouvait tomber le 1er janvier. Ainsi, et c'était l'une des fiertés de Rueil, l'un des signes de réussite dont les directions successives s'enorgueillissaient, ainsi les ouvriers venaient-ils un jour férié faire bombance dans leur usine. Le crémant coulait, la bière, le sylvaner. La salle des fêtes affichait complet. On tirait les rois. Plusieurs pâtissiers venaient cuire des galettes géantes dans les fours à cristal. Les journaux et les télés se déplaçaient chaque fois, tant cette concorde sociale sidérait le pays.

Cette année-là, le directeur du personnel (on n'avait pas encore inventé la direction des ressources humaines et son acronyme formidable, « DRH », où l'on entend bien mieux tomber la hache, l'arrachage se faire et les déchirements), le coupeur de têtes, donc, avait attendu le lendemain du banquet, et c'est les yeux chassieux, la tête lourde de trop d'agapes familiales et patronales que deux cent cinquante-sept ouvriers reçurent ces étrennes d'un nouveau genre : un large coup de pied au cul, avec en guise de prime de fin d'année une prime de licenciement. Jetés, lourdés, virés par ceux-là mêmes qui quelques heures plus tôt les applaudissaient d'avoir croqué la fève et leur posaient une couronne sur la tête.

Quand Fred avait annoncé que le mariage se ferait dans la salle des fêtes, Mimmo avait dit : « Sans moi. » Inès l'avait raisonné.

On mariait le second fils et plus de télégramme, ni fleurs ni fruits — aucun cadeau de la patronne. On mariait le dernier enfant et Mimmo avait à nouveau pleuré, de rage cette fois. Oh ! il pourrait toujours cueillir la roupie des larmes à son gros nez, le Mimmo, et elle, Inès, elle se mettrait des robes à smocks et des rubans à chaque mèche de cheveux que ça ne changerait rien : c'était fini.

Ils n'avaient pas même droit aux larmes. Les bourgs voisins qui travaillaient aux mines ou dans les hauts-fourneaux étaient au chômage depuis tellement d'années que ceux de Rueil, les petits vernis de la verrerie, n'auraient pas eu l'indécence de se plaindre. C'était comme un long sursis qu'on leur avait accordé, à eux tout particulièrement, afin qu'ils continuent de fabriquer pour le beau monde les joyaux qui feraient l'honneur d'une famille, d'un fief, d'une patrie. Sursis jusqu'à l'obtention des machines... Elles étaient arrivées un dimanche, en longs et monstrueux convois qui bouchèrent une bonne moitié des routes du département. Personne n'y croyait, nulle part dans les ateliers et les étages ; personne, depuis les fournalistes et les souffleurs, jusqu'aux graveurs, aux argenteurs. Et les machines firent leur travail de machine. Les ouvriers se consolèrent, se disant que ça ne durerait pas, que le rupin voudrait toujours de la pièce unique, du gravé main, du soufflé bouche. Les ouvriers avaient tort : pour ce fait main, ce prix des corps, on formait déjà en Asie mille gamins faméliques.

Il était bien là, Mimmo, humilié, muet, décharné, tel un transi condamné à revenir quelques heures au monde pour y jouer le père du marié. Il ne tentait même plus de redresser l'échine. Il laissait la bosse faire son œuvre. Coudes vissés à la table, le nez sur son assiette, il engloutissait des quantités de nourriture incroyables dont on se demandait où elles pouvaient bien passer, comment elles étaient ingurgitées puis détruites dans son corps étroit et rachitique.

Mimmo n'était pas seul. On eût dit un grand naufrage. Tout le monde avait le cœur gros sous le plastron des rires. L'angoisse plombait l'atmosphère de la salle, son odeur dominait toutes les autres, le vilain arôme des graisses animales qui mijotaient en attachant un peu dans les faitouts de l'arrière-salle, les chapes de tabac, les flux et refluements d'haleines, les nappes de sueur, de rots, de pets.

Ce monde n'avait pas seulement vieilli, pris des rides ou du bide ; il n'était pas seulement décati, chauve ou chenu : il menaçait ruine, une ruine globale, précoce et intraitable. Une vision me poignait le cœur, une hallucination presque : celle d'une costumière indélicate qui eût cambriolé un vestiaire de la Croix-Rouge pour habiller la noce, et pas seulement les figurants. Même pour les protagonistes, on sentait qu'elle avait lésiné, la mariée à l'étroit dans sa robe acrylique blanc fluo, le marié un peu loquedu dans son habit qui bâillait de partout et sa chemise jaunâtre.

Un bon panoramique aurait pu embrasser d'un coup les fioritures infinies de l'âge sur les physionomies, les nuances de peau par exemple, celles qui se ravinaient, non plus ridées, non plus striées, mais griffées, lacérées par le gel de l'hiver et des espérances perdues, celles qui s'écaillaient avec les murs de la maison ou encore celles qui s'induraient, caoutchouteuses, luisantes et tavelées telles des seiches échouées sur la grève — tous ces cuirs usés qu'on arrosait de parfum, de poudre de riz et d'after-shave en espérant recouvrir l'odeur de l'âge, la carne, la corne, la bouche fétide et la pointe acide du pipi échappé.

Un déséquilibre s'était fait avec le temps, un hiatus dans la distribution, que je fus long à saisir : si les femmes paraissaient rongées d'une décrépitude express, leurs maris, eux, avaient disparu en grand nombre. Ça dessinait comme un paysage, un continent de veuves à cheveux ras virils chez les plus jeunes, à cheveux bleus ou mauves chez les vieillardes.

La vieille Édith s'en tirait plutôt bien : sa peau de brune et de femme qui n'avait jamais travaillé possédait encore un peu d'élasticité et d'éclat. Pimpante, elle jouissait de cette assurance que lui donnaient les miroirs et les remarques des hommes de Rueil. « On vous donnerait vingt ans de moins », était la phrase pour laquelle elle aurait tout renié : vingt ans de moins avait dit ce gamin enjôleur qui venait d'ouvrir un nouveau salon de coiffure dans Rueil, « j'en connais des bien plus jeunes qui doivent être vertes jalouses », et pour ces mots-là, pour les réentendre, elle avait répudié son vieux coiffeur, un brave qui ratiboisait et défrisait la famille depuis quarante ans; elle avait renoncé aux teintures auburn, et, cédant en quelque sorte à la pression du temps, était passée au blond pâle qui fait jeune fille. Tenant à son chic jusqu'au bout, elle avait lâché le canotier pour une résille de perles blanches du plus bel effet sur ses boucles platine.

La musique cessa. Alors Hippolyte réapparut et, se plaçant derrière ma chaise, les mains sur mes épaules, il dit avec un aplomb étrange pour son âge : « Je vous l'enlève. Je vais lui montrer les fours où travaillait papa. »

Dans les yeux d'Édith passèrent des lames par éclairs. Les ailes de ses narines palpitaient, ses bajoues gonflaient telles les caroncules du dindon colère. Elle se tourna vers son fils. « Tu ferais mieux de le retenir. Vous n'allez pas tarder à partir, n'est-ce pas ? » Samuel rit doucement : « On a encore du temps devant nous. À moins que notre présence t'indispose. »

Le teint rose et poupin, une peau fraîche sans le moindre sillon, le moindre pli, Samuel était resté au fil des ans semblable à lui-même — resté à l'âge où son jumeau était mort.

Avec sa robe noire transparente, avec ma mine de décavé (sans parler de notre tas de tôle en guise de carrosse), Nush et moi n'étions pas, loin de là, l'attraction de ce second mariage. Le frisson était venu quelques heures plus tôt d'une autre personne (son spectre, à vrai dire, sa tête de mort maquillée, son enveloppe comme embaumée avant l'heure), cette femme vieillie que je n'avais pas reconnue d'abord, l'actrice Flora.

Non pas qu'elle fût effacée ni ordinaire. Ai-je dit à quel point elle était grande ? Samy et elle formaient un cas de dimorphisme sexuel spectaculaire. Plus grande que moi, elle devait atteindre la hauteur du play-boy, un gentil mètre quatre-vingt-cinq. Plus petit que Nush, Samy avait la taille des hommes Rosa et ne devait guère dépasser, à l'instar du jardinier son cousin, le mètre cinquante-neuf.

Des anecdotes circulaient dans le monde du

spectacle : pour les baisers, les *cheek-to-cheek* et les travellings bras dessus, bras dessous, on devait surélever les partenaires masculins de Flora de la hauteur d'une ou deux marches, parfois un praticable longeant les rails, parfois une simple caisse, un coffre à projecteur traînant dans le studio. Cela sans doute expliquait sa difficulté à trouver des rôles au théâtre — sauf ceux de personnages un peu ridicules ou irréels. Mais le ragot le plus humiliant et le mieux colporté avait trait à une séquence du célèbre feuilleton — oh ! pas bien longue, juste une image ou deux, juste quelques secondes si j'en crois les récits —, cet instant où son tout récent mari (l'acteur jouant son époux) la soulevait dans ses bras pour lui faire franchir le seuil de leur nid d'amour : alors, tandis qu'elle embrassait l'acteur visiblement congestionné par l'effort, les jupons de sa robe de mariée se retroussaient et une monstruosité éclatait à l'écran sous forme d'escarpins blancs : la mariée chaussait un bon 43.

« Bon, elle est un peu chevaline... », concédait Nush — mais c'était le mot échu à toutes celles qui la dépassaient d'une tête (plutôt deux, ici) —, le qualificatif « élancé » étant réservé aux femmes de taille moyenne — elle-même, en l'occurrence —, assez déliées, néanmoins, assez lestes et habiles pour se hisser dans les regards et les imaginations d'une poignée de centimètres, des fausses grandes, donc, des biches, des gazelles, pas des canassons, « ... mais Flora est très racée », précisait-elle aussitôt, pour racheter une injustice criante : bien que faite d'un bloc, sans hanches, sans vraiment de taille, cette jument à crinière blonde avait du chien — elle intégrait la famille avec panache.

C'était donc elle, la revenante, elle dont tout le monde avait guetté l'apparition au perron de la mairie, sur les coups de dix heures. Saurait-elle faire son entrée ? Se rappelait-elle comment on entre ? Samuel et Hippolyte étaient passés la prendre à la maison de repos le matin même. Elle n'avait pas obtenu de permission pour la nuit. L'avait-elle seulement demandée ? Demandait-elle encore quelque chose ? Est-ce que ça lui arrivait ? Est-ce qu'elle savait ce qui lui arrivait ? Se rendait compte ? Était consciente ? Autonome ? Propre ? Samuel était allé à la clinique la veille lui porter une tenue vestimentaire pour la noce, il avait commandé et payé par avance le coiffeur qui se déplaçait à domicile (à l'asile, mais imaginait-on le figaro se présenter en ces termes : c'est moi le coiffeur pour dingues ?), et tandis qu'il portait sur un bras la robe et le boléro sur un cintre, au bout de l'autre bras les chaussures vernies noires et le réticule tissé de perles, il avait eu l'impression de revivre ou plutôt de rechuter onze ans plus tôt, par un matin caniculaire assez semblable à celui-ci, sauf que c'était en mai, une aube où il marchait par les rues avec sur les bras les vêtements de Jacob sous le plastique du pressing, costume noir, chemise blanche, cravate bleue à pois blancs et mocassins noirs cirés, puis les avait remis aux préparateurs de la morgue qui l'habilleraient pour son ensevelissement.

. . . .

« Elle n'a jamais été nette », disait la vieille Édith de sa bru — paroles à comprendre dans les deux sens de l'expression.

Non pas que Flora fût vraiment sale, mais comment dire ?... d'une propreté approximative, un flou qu'entretenait le nuage de son éternelle Pall Mall à bout doré. Son teint paraissait brouillé comme si un peu du maquillage de scène était resté collé à la peau, absorbé par elle et indélébile, qui interdît d'y voir plus clair dans ses traits, son grain de peau comme ses sentiments. Les corsages de ses robes de velours noir étaient empoussiérés par l'abus de la poudre de riz qui semblait former un nuage de particules autour d'elle, un nouvel écran venu renforcer les volutes de tabac blond. Ainsi, même ses vêtements de ville avaient l'air de sortir de scène. Et la crinière blonde, si fougueuse naguère, si sensuelle, avait autant de naturel et de vie qu'une perruque louée à un marchand de farces et attrapes.

(Au moins avait-on réussi à lui confisquer ses velours noirs : dans sa robe semée de pivoines rouges, de mimosas et d'iris bleus, c'était comme si elle s'amendait — enfin trépanée, délivrée de son mal — et voulait ressembler à toutes ces dames de la noce sans pouvoir être autre chose qu'une potiche fleurie, une marionnette ratée entre les mains de la norme.)

Les commères buvaient les paroles de la vioque : « Dès le début, elle n'était pas nette, et je l'ai dit. Au moins, je n'ai pas été surprise, moi. »

Femme de la noce : « Déjà ses cols étaient douteux. »

Femme de la noce # 2 : « Déjà son teint était suspect. »

Femmes de la noce, *ad infinitum* : « Elle fume ! Elle se décolore ! Elle embrasse le premier venu ! »

Femme de la noce # 2 : « Elle a toute une augée de plâtre sur la face, mon Dieu, comme une qui se serait roulée dans la farine ! »

Femme de la noce, # 5 : « Elle est belle, la vedette, tiens ! Elle est belle, la couverture des magazines ! »

Édith : « N'exagérons rien. Des couvertures, elle en a très peu fait. Deux ou trois, à tout casser. Et puis... qui se souvient seulement de son nom ? »

Cette dernière vacherie était sans doute la pire des insultes passées et à venir puisque (Édith le savait, l'avait vu de ses yeux) les gens de la rue apostrophaient Flora du prénom gentillet et populo de son personnage, même pas un prénom, d'ailleurs, mais son hypocoristique dégradant, lequel, déjà ? : Janou ? Ginou ? Nini ? Micky ?..., j'ai oublié. (Étais-je seulement né quand le feuilleton cessa ? Nous n'avions pas la télé à Montrouge, « pas de place », prétendaient les parents, « pas d'argent », traduisais-je et je me sentais humilié devant mes camarades. Les livres se mirent à occuper le terrain — les années passant, ils envahirent bien plus d'espace que ne l'aurait fait un écran géant. Après qu'on eut acquis un peu d'aise dans le F3 tout neuf de Bagneux, l'absence de télévision devint flagrante aux yeux des visiteurs et put passer pour une volonté de se démarquer, un acte hostile, en somme, dirigé contre le reste du monde. Un matin, un récepteur bien moche franchit la porte, livré par quatre gros bras que ma mère regarda à peine, qui demandèrent où poser la chose si lourde et Nush haussa les épaules, c'était où ils voulaient, mais de préférence loin de ses yeux, dans le recoin le moins accessible aux regards. Il fut si peu allumé qu'il dura trente ans et marcherait sans doute encore si d'autres gros bras ne l'avaient fracassé à mon dernier déménagement.)

. . . .

Édith aux femmes de la noce : « C'est elle, elle qui est partie, partie en laissant les enfants. »

Femme de la noce # 1 : « Partie en laissant le lait sur le feu, les enfants devant le feu. »

Femme de la noce # 2 : « Partie où ça ? Partie avec qui ? Partie seule ? Comme une traînée ? »

Édith : « Comme un homme. Comme l'hommasse qu'elle est. Ce tromblon. »

Femme de la noce # 1, tendant l'oreille avec une grimace : « C'est naturel, ce blond ? »

Édith : « Elle est peroxydée jusqu'au cerveau. » (La même, gloussant :) « Voyez l'état du cerveau ! »

Édith trouvait enfin son répertoire à elle, son grand acte où briller.

Homme de la noce, passant par là : « C'est drôle, ce que j'entends. J'ai toujours cru que c'était le contraire. Que Samy était retourné auprès de son frère, en la laissant seule là-bas. »

Édith : « De quoi je me mêle ! Et qu'est-ce que ça change ? C'est bien elle qui a voulu rester seule. Qui refusait ses enfants. Pas le temps, qu'elle disait, à cause de son métier. Son métier ! »

Femmes de la noce # 1, 2, 3 : « Son métier ? Quel métier ? »

Femme de la noce # 3, se grattant le creux du genou sous la robe nylon : « Elle nous snobait, souvenez-vous ! Visez-la, à présent !... »

Édith, faisant taire son petit monde et brandissant au plafond un index inquisiteur : « Partie seule, toute seule pour atterrir où ? Là où on l'attendait. Dans sa clinique des nerfs. Autant dire chez les loufs. »

Femme de la noce # 3 : « C'est pas fait pour notre existence à nous, des engins comme ça. C'est pas fait pour nos contrées. »

Édith, levant l'index à nouveau : « Et nos contrées n'en ont pas besoin. »

Femmes de la noce, 1, 2, 3, en chœur : « Ça non ! C'est pas fait pour nous, et on n'en veut pas ! »

. . . .

Mais qui ne mourrait de peur, de terreur lente, à voir dans les ciels ardoise l'angoisse courir à grands galops, puis soudain, l'ardoise passant à l'anthracite, dans chaque nuage qui file une nouvelle flèche, un nouveau clou, un autre tour d'étau au cœur broyé ? Qui ne frémirait à devoir chaque jour longer ce fleuve au nom de meurtre, ce fleuve avec son pont dit des suicidés, ces corps dragués par les maries-salopes, repêchés par les hommes-grenouilles ou le simple hameçon d'un vieux marinier ?

Qui dira la folie de ces champs noirs neuf

mois de l'année, suffocants trois autres mois de canicule ? La folie des vaches hurlant leur sort, se jetant dans le premier ravin ou se cassant une patte pour connaître enfin l'injection qui délivre, le râle entre révolte et effroi des chargements de veaux qui partent à l'abattoir dans des semi-remorques bâchés, entièrement aveugles — toujours le soir, à la nuit qui tombe, comme pour la honte, s'en débarrasser, pas savoir, pas voir dans le ciel les menaces incessantes, le reflet du tombeau toujours redit, lancinant..., comment résister à la tentation de la folie, comment ne pas préférer s'extraire, oui, se boucher les oreilles, les yeux, le nez, la bouche, comment ne pas devenir dingue à enfermer ? Comment ne pas reconnaître dans le râle mugi de cent museaux le vagissement de l'enfant arraché à sa mère, volé à son berceau, tranché de son troupeau ? Pour ne pas le voir, pas l'entendre, il faudrait être tout à fait insensé, oui.

. . . .

« Inès me soûle, Édith me soûle, soupirait Nush en raccrochant le téléphone et en se frottant l'oreille engourdie. Sont folles. Qu'est-ce que j'y peux, moi, si Flora est ce qu'elle est ? Elle ne se sent pas mère, et alors ? On ne va pas la menotter au berceau... »

Cette phrase m'avait d'autant plus terrifié que Nush, alors, choquée au son de ses propres paroles, avait piqué un fard : je compris qu'un enfant pouvait être une chaîne, un boulet pour une mère — même pour la mienne ?... Une chose est sûre : on n'entraînerait pas la cousine Anouk dans la curée. Elle avait admiré Flora en secret. Qui sait si elle ne l'enviait pas un peu ?

Lorsque le bruit des commères arriva jusqu'à nous, elle prit Hippo par le col (« Je sais pas danser, gémit-il. — Tu apprendras », fit-elle) et l'entraîna sur la piste molle où ils imitèrent un tango, ou autre chose, paso-doble, rumba, cha-cha, on s'en fout.

Ils étaient si attendrissants, lui, dégingandé, maladroit mais tendant les bras, et elle, tricheuse, l'étourdissant, lui criant aux oreilles, si désireuse qu'il n'entende pas le mal qu'on disait de sa mère.

. . . .

Où êtes-vous ?
Où êtes-vous ?
Où est passé ce temps de tant d'amour ?

. . . .

Je la revois nettement, et je me rappelle très bien le petit pavillon à l'arrière d'un immeuble de la porte de Châtillon, non loin de chez Manya, sauf que dans cet atelier-là, c'est de l'aiguille à tricoter qu'on jouait, je revois le jardinet en friche puant la pisse de chat, le pavé constellé de quignons de pain, d'écuelles de lait et de lambeaux sanieux, je revois la volée de marches et la porte grillagée, cette grosse femme qui se parait du titre de sage-femme à la retraite, effrayante, bâtie comme un homme — mais alors, un balèze, un trapu, « un peu le genre catcheur », pour citer Nush — aux pognes épaisses, aux doigts boudinés, grossiers, dont j'imaginais avec horreur qu'ils aient pu effleurer la peau de ma mère et pire, fouiller sa chair. « Il faut me le faire passer », disaient toutes ces femmes apeurées et honteuses à la matrone, et elles n'avaient d'autre choix (les délaissées comme les épousées, les traînées comme les vertueuses), ayant tout perçu, et de la puanteur et de la crasse des lieux, pas d'autre choix que de lui confier leur corps, en fermant les yeux, en priant Dieu, peut-être.

Je l'avais supposé avec horreur, puis j'en eus une sorte de confirmation, un soir, lors d'un dîner de copains, à la véhémence que Nush mit à défendre une gamine qui comparaissait aux assises de Bobigny pour avoir avorté (« Tu montes encore sur tes grands chevaux ! » disait le play-boy enamouré, fasciné par la fougue et la trempe combative de sa belle épouse, comme il admirait qu'elle haussât le ton, pût exprimer clairement des idées qu'il partageait pour la plupart mais dont il était incapable d'articuler le moindre argument), devant une morne assemblée de copains un peu mous, donc, flanqués d'épouses ou de maîtresses à peine plus concernées : je compris que ma mère avait eu recours aux services de l'ogresse.

. . . .

Dans la ville des bords de Loire où Samy s'était exilé pour elle, le théâtre comptait sa propre troupe, dont Flora devint pensionnaire. L'humeur était au collectivisme : son statut de vedette passée lui conférait surtout des handicaps. Elle fut reléguée au bas de l'affiche — j'ai envie de dire que c'est à cause de son nom de Rosa, mal placé dans l'ordre alphabétique ; or, je sais qu'elle avait un nom de scène, dont elle ne se départit jamais, au point d'obliger ses enfants à la signaler sur les fiches de renseignements scolaires par son seul nom d'artiste. (Hippolyte : « Ça foutait la honte, l'impression qu'on était des gosses de divorcés. »)

Dans ce théâtre de la décentralo, elle joua les pires auteurs de l'époque, les anarchistes subventionnés et les boulevardiers masqués. Je veux croire qu'elle y brillait des mille regrets de sa ferveur racinienne, que même entre deux gifles feintes, deux claquements de portes en carton-pâte, elle parvenait à rendre ce qu'elle aimait, la musique des tragédies, le son unique de *Bajazet*, la fluidité enivrante de *Phèdre*, et un peu du souk aussi, un peu du bazar oriental qu'elle traînait avec ses parfums de santal, de patchouli, de clou de girofle.

Son nom (même son faux nom d'héroïne de feuilleton) n'attirait plus personne. Elle vieillissait. Ou le public rajeunissait. Oui, le public rajeunissait. Elle n'existait plus, même par défaut.

... Pauvre de toi, qui rêvais d'incendies dans Rome, de fastes alexandrins, de chevaux truqués dans Troie et d'orgies carthaginoises, qui voulais les embrasements du corps et de l'esprit partagés, tu n'approchas que les brasillements, les étouffements et les dîners de sous-préfecture.

Qui jouait-elle ? Quelle vestale, quelle bacchanale, ce soir-là où elle était censée, hurlant et se griffant les joues, courir à l'avant-scène, quand, happée par le noir de la salle, par son désir d'en finir aussi, elle fit un pas de trop et tomba dans la fosse d'orchestre ?

Le dos brisé, disaient les radiologues, les chirurgiens. Le lit pour longtemps, pour le restant de ses jours, peut-être.

Elle se rétablit en moins d'une année et il fallait l'observer très attentivement pour déceler une certaine raideur à la jambe, un curieux déhanchement qui pouvait aussi bien passer pour une coquetterie, un genre de démarche qu'elle se serait donné sur scène.

En ce jour des noces de Fred, alors même qu'elle était abrutie de neuroleptiques et qu'un unique verre de mousseux avait achevé de lui plomber la langue et le regard, elle se leva au signal chuchoté par Samuel, connut d'abord un moment d'hésitation sur le plancher mouvant de la salle des fêtes, puis, se laissant entraîner dans une valse lente, elle réussit à réprimer sa claudication et sa douleur aussi. « Parce qu'elle a toujours mal, me confia Hippo, de plus en plus mal à cette foutue hanche, les articulations s'effritent mais elle — stoïque —, elle, comme si rien ne passait plus par son corps... » La voix du fils se mit à trembler, bientôt il n'eut plus de salive, sa pomme d'Adam s'affolait, et ses paupières clignaient à tout-va en espérant résorber les larmes. (Je me suis vu, je me suis reconnu dans le miroir humide de son regard vert : les yeux des fils qui parlent de leur mère sont d'une même eau salée, un océan où se reflète jusqu'à vous aveugler la lumière de l'unique amour. Dans tous les yeux de tous les fils, quelle que soit leur couleur.)

La dernière fois qu'on l'avait vue (« on » = Inès, Édith et avec elles les collègues de l'usine, la cohorte des voisines, la grande armée des femmes de Rueil qui, avant même que d'être nées, étaient déjà des mères et des épouses), cette dernière fois, on ne risquait pas de l'oublier. C'était onze ans plus tôt, en ce mois de mai où tout le pays se mettait en grève, où il fallait enterrer Jacky. On eût cru que le monde s'était arrêté pour lui. Tous avaient débrayé, les mines, les hauts-fourneaux, les transports, les écoles et les lycées, les universités. Tout le monde sauf la verrerie. On les exhortait à suivre la grève, mais eux paraissaient se draper dans le mensonge qu'avait formé pour eux une dynastie de patrons : ils étaient l'aristocratie du monde ouvrier.

Observa-t-on seulement une minute de silence en l'hommage du jumeau Rosa ? Je l'ignore. Personne n'en a témoigné.

Samy avait appelé Flora à Orléans : « Pas de trains, pas d'autocars. Ne t'échine pas à vouloir venir. Je t'excuserai auprès des autres. Ne t'en fais pas. J'ai les enfants, Dieu merci, qui me consolent. »

... Il faisait un ciel de plomb, se souvenaient les commères, un ciel à désirer glisser sous la fraîcheur du marbre, oui. Les couronnes de fleurs flétrissaient, on s'éventait, on inhalait l'alcool de menthe, on menaçait de s'évanouir ; on reniflait dans les mêmes mouchoirs qui épongeaient les fronts, les cous, les aisselles.

C'est alors qu'on entendit ronfler un moteur diesel, puis on vit un taxi remonter l'allée centrale du cimetière. Il s'arrêta à quelques mètres du caveau de famille et on la vit descendre, dans son éternelle et fort avantageuse robe de velours noir qui faisait aussi bien les mariages que les deuils, on la vit rabaisser sur son front un long voile de crêpe noir comme il n'en existe que dans les films — et alors, oui, toute l'assistance voulut sa mort, souhaita la voir, elle, dans la nuit du cercueil, elle au fond du trou, et que Jacob ressuscitât, que tout redevînt comme avant.

(Parfois, lorsque je tombe sur les pages de plus en plus nombreuses que les journaux consacrent aux programmes de télévision, il m'arrive d'y plonger avec l'espoir qu'une chaîne rediffusera le feuilleton de Flora. Ou bien celui-ci a trop mal vieilli pour être vu aujourd'hui, ou bien je ne suis pas assez assidu ni curieux.)

. . . .

Et les voyant danser tous deux, elle, Flora, se voûtant de toute sa hauteur dans son affreuse robe de carnaval, courbant la tête et se ratatinant comme si, parmi les thérapeutes et les infirmiers, il en existait qui conseillaient : « Faites-vous toute petite », et lui, Samuel, redressant la nuque au contraire, tenu aux plus extrêmes droiture et raideur pour punition d'avoir épousé au-dessus de ses moyens, à les voir, leurs squelettes si mal assortis, le chagrin de leur fils me fut transfusé, violent, incoercible, absurde peut-être.

J'ai posé une main sur l'épaule d'Hippolyte : « Ça doit être dur », je dis.

Hippo : « Dur ? Je l'aime. Qu'est-ce que tu crois ? Ce n'est pas si dur de l'aimer. »

Moi : « J'ai pas dit ça. »

Il haletait. Il a décroché ma main de son épaule, l'a attirée sous la nappe en papier et l'a prise entre ses longues mains, moites de fièvre. Je sentais son angoisse. Et quelque chose d'autre à quoi je refusais de donner un nom. Il faisait mal à tant serrer.

« Et toi, ton père ? C'est vrai ce qu'on dit à propos de ton père ?

— Qu'est-ce que tu veux savoir ?

— À l'arrière de sa bagnole ? C'est là qu'on l'a retrouvé ?

— C'est là, oui.

— Et ça, c'est pas trop dur ?

— Je suis pas certain qu'il souhaitait vivre.

— Alors, c'est vraiment dur, fit-il, hochant la tête. Il te manque, des fois ? »

<je te manque   tu me manques   nous nous ratons   ses airs de frappe américaine   sa vêture ses bijoux ses pieds chaussés d'écailles   ses masséters à roulettes comme une coquetterie de la violence   son langage du corps : parenthèses adorées de ses jambes arquées, les poings épais toujours prompts à se serrer frapper broyer   mais non   une simple imitation de cinéma à qui manquait l'éclat du regard   Marlon Brando Gregory

Peck Paul Newman Jean-Marc Barr   l'étoile dans le regard   Monty Clift Al Pacino River Phoenix Jimmy Dean   la flambée magnétique et folle >

Cette voix, alors, la mienne, répondant par ces mots : « Il me manquera jusqu'à la fin de mes propres jours. »

Hippo eut un frisson qui le fit se cambrer et tout son dos se contracta.

Moi : « Je t'ai fait peur ? Pardon. »

Hippolyte : « La peur ? Je m'inquiète, je me fais du mouron, certaines fois. Mais je n'ai pas peur. La peur, c'est lui, c'est mon père à moi. Parce que les deux seuls êtres qu'il a aimés ont perdu la tête l'un après l'autre, il a peur pour ma sœur, il a peur pour moi. Il a peur que son sang plus le sang de notre mère, ça nous destine direct au suicide ou au cabanon. Il nous épuise, il nous étouffe, il nous oblige à le repousser, à être méchants, et ça nous fait encore plus de mal parce qu'on ne veut pas être cruels. Tu comprends ça ? »

Moi : « La cruauté est quelque chose d'assez rare, beaucoup plus rare qu'on ne le croit. Sur les cent personnes réunies dans ce putain de sauna, je n'en vois qu'une demi-douzaine douées de vraie cruauté. »

Hippo : « C'est énorme. »

Moi : « C'est rien. Quantité négligeable. »

On a joué, alors, à deviner qui étaient les pires ordures. On a passé en revue les visages du banquet. (Je n'ai pas trouvé le courage — la cruauté ? — de dire à Hippo que, selon moi, la première et la pire d'entre toutes était sa grand-mère Édith.) On riait, on s'étouffait de rire et Nush nous faisait ses yeux noirs, non tant pour nous reprocher notre inconduite que par dépit de ne pas être mêlée à nos rires.

Il posa une main sur mon genou droit, façon copain, mais la main remonta ma cuisse, juste un peu trop haut. Nush détourna les yeux. J'écartai la main. « Tiens-toi », intima une voix. Cette voix, encore la mienne. Les yeux verts d'Hippo passèrent à l'orage, il haussa les épaules et disparut parmi les premiers danseurs qui emboutissaient le faible plancher.

Sous la pergola, dans l'air saturé de la fin d'après-midi, des gouttelettes tombaient du chèvrefeuille. Hippo avait fumé le dernier joint à lui tout seul.

Soudain il fut debout, la bouche écartelée par les cris, et il m'interpellait de toute sa hauteur, ses bras immenses moulinaient dans l'air tels des avirons sans rivière, tandis que, toujours au sol, je me disais qu'il devait dépasser les deux mètres, il n'en finissait pas de grandir et de crier « parce que tu vois, j'avais peur pour ma mère, qu'on lui interdise de venir, que là-bas ils la jugent inapte à sortir, qu'ici on n'en veuille pas, ils sont tous tellement mauvais, ils la haïssent tant… P'tain ! ça me foutait une telle trouille !

— Calme, Hippo, calme ! »

Il suffoquait. J'ai posé une main sur sa poitrine, en pressant le plexus. Les battements du cœur ralentissaient.

« Et après c'était vous, c'était Anouk et toi qui n'arriviez pas, ils disaient que vous aviez eu un accident au moins.

— Tout le monde est là, personne n'a eu d'accident.

— Et tout le monde dégoisait, ils disaient des choses affreuses sur vous, sur vos vies…

— Elles étaient sans doute vraies, les choses affreuses. Disons qu'elles étaient vraies. Ça t'irait mieux ainsi ?

— C'était pas les choses qui étaient affreuses, non, c'étaient les têtes, les mots, les voix, les rires. Ça faisait comme une grosse avalanche, un paquet d'angoisse en plus, et je me souvenais de vous comme de…

— Comme quoi ? »

Il attrapa le col de ma veste et m'embrassa. Il y mettait trop de brutalité. J'eus bientôt sur la langue un goût de fer, un goût rouge et poisseux, et je le repoussai : du sang coulait de ma bouche.

« Je me souviens de toi comme d'un enfant. Je déteste le sang. »

Il prit un pan de sa chemise, essuya la commissure de mes lèvres.

« Je serai doux, je me limerai les incisives, je m'arracherai les trente-deux dents et les dix ongles. Je savais pas. C'est juste la première fois. »

Un peu de sang avait séché sur mon menton. Il eut alors ce geste : de l'autre pan de sa chemise, il fit un tampon qu'il humecta en y faisant tomber un peu de sa salive (je revois sa bouche arrondie, les lèvres entre lesquelles coule le filet de salive, je vois la pomme d'Adam se soulever, la gorge régurgiter, cracher son dernier soupçon de salive) et ainsi peaufina ma toilette. J'avais deux ans, trois peut-être. J'avais un vilain bobo, et une bouche se penchait sur mon genou, embrassait mon genou, buvait ma peine. La barbe piquait, qui gâchait le baiser en excitant le besoin d'autres baisers.

« Viens, monsieur de la première fois. Il faut qu'on retourne là-bas, que tu dises au revoir à ta mère. C'est l'heure. »

Flora repartie vers sa maison de dingues — elle devait être rentrée avant le couvre-feu du dîner —, ce fut comme si l'air subitement s'était allégé, comme si le plafond de la salle des fêtes s'était ouvert, l'oxygène renouvelé. Même les voix paraissaient plus claires, les visages rafraîchis.

« Dieu sait quand on la reverra, murmura Inès, gorge serrée.

— Pas avant longtemps, répliqua Édith. Enfin, j'espère. Je croise les doigts. Car j'ai dans l'idée que la prochaine fois, c'est pour mon enterrement qu'elle viendra se réjouir. »

Ils auraient dû se méfier bien plus tôt, dès les premiers dérapages, dès ce matin où on les réunit tous, les ouvriers, les mofs et les contremaîtres pour leur projeter une série de diapos qui leva le cœur à presque tout le monde. Un armateur de Floride voulait équiper ses yachts d'un décor tout cristal. Les poignées de portes en cristal, les gobelets pour brosse à dents en cristal, les porte-savon en cristal — cela appartenait depuis longtemps au catalogue de la verrerie et les gars râlaient qu'on les eût convoqués à pas d'heure pour une chose aussi banale. Vint la question des balais hygiéniques. Les ouvriers se regardèrent entre eux, incrédules. Le socle où reposerait le balai serait en cristal cerclé d'or jaune 18 carats, le pot cylindrique en verre dépoli et taillé ; le balai lui-même aurait une poignée plaquée d'or fin, puis un manche de cristal plein. La question en suspens était la suivante : dans quelle matière réaliser les fibres de la brosse qui récurerait la merde au creux d'une cuvette de chiotte ? Les gars riaient, la blague était un peu grosse, mais on leur présenta les premiers dessins du cabinet de création avec les cotes exactes, le prototype à améliorer ainsi qu'un premier moule du pot. Aux rires succéda la stupeur.

« Vous auriez dû sortir, tonna ce matin-là le vieux souffleur monténégrin. Vous auriez dû vous lever et quitter la salle en bloc, refuser comme un seul homme ce travail dégradant pour l'esprit, insultant pour votre art. » Mais on ne l'écoutait pas. Il n'avait plus que quelques mois à tirer. Les grands chômages à venir ne le concernaient pas. « Déclassés ! prophétisait le vieux souffleur. Ils vous ont déclassés et vous laissez faire sans rien dire ? Jusqu'où vous laisserez-vous rabaisser ? Qu'attendez-vous ? Votre chute finale ? »

Le vieux souffleur était tombé en religion. Ça l'avait pris comme ça, du jour au lendemain, personne n'aurait su dire en vertu de quoi. L'effet de la retraite, peut-être ; peut-être un début d'alzheimer. « Couvre-toi, mon enfant », dit-il à Nush lorsqu'elle se pencha pour l'embrasser. « Ne fais pas la mauvaise femme de mauvaise vie. J'entends ce qu'on dit, je ne suis pas sourd. Dis-moi que ce n'est pas vrai. » Le plaisir que j'avais à le revoir me surprit le premier. C'était curiosité, peut-être, peut-être aussi un commencement de tendresse. C'était notre vieux souffleur, disait Nush.

Il avait baissé, comme on dit, sa tête dodelinait pour un oui, pour un non, et son fameux souffle expirait. « Il n'est plus vraiment parmi nous, disaient les noceurs ingrats. Il est passé de l'autre côté. » Hagard, petit pépère frileux, il était vêtu en pleine canicule d'une méchante chemise de flanelle à rayures qui faisait plutôt veste de pyjama, et lui-même guère sorti du lit, pas rasé depuis des semaines, le teint brouillé, le cheveu huileux. « Il est gaga », décidait-on.

Nush réclamait son cavalier, son grand valseur, le fier héros de son enfance.

Lui, alors, tétant à petites goulées ses boyard maïs : « ... Usé ma vie pour leurs intérieurs, leurs livings, leurs rêves d'élégance, leur putain de standing et tout le futur héritage. Du beau ils voulaient, mais qu'est-ce qui est beau ? Le cristal ? Le verre ? La taille ? La blancheur ? La couleur ? Qui dit que c'est beau ? Qui fait le beau ? Pourquoi le cristal est-il plus beau que le verre ? Qui dit que l'un est plus beau que l'autre ? Pour un peu de plomb en plus ou en moins, c'est ça ? Parce qu'une goutte de minium suffit à repeindre l'épave en carrosse, à faire que la souillon se métamorphose en princesse ? Est-ce cette chimie qui donne le beau ? Est-ce notre œuvre, à nous, qui soufflons, taillons et gravons, qui argentons, dorons et ciselons ? Qu'est-ce qui fait le prix du beau : la limpidité accrue du cristal ou la noirceur de nos artères encrassées de gnôle, de fumées et de goudron ? Qu'est-ce qui fait la vérité du beau : le son pur, lumineux et vibrant que fera en cliquetant sur le rebord du vase l'ongle long et verni d'une grande dame aux doigts boudinés étranglés de diamants, ou bien le râle caverneux de nos bronches, la grosse caisse déréglée de nos cœurs gros ? Seraient-ce les poisons — le minium ou l'urane lentement nous contaminent — qui feraient le prix du cristal ? Autrefois, les types plongeaient leurs doigts rougis par le minium dans la blague à tabac et... hop !, en se faisant une prise, ils s'envoyaient le poison direct au cerveau. Un autre gars, un très jeune pas renseigné ou étourdi, avait touché son pain avant de se laver les mains. Il est mort la nuit suivante dans d'atroces convulsions. Est-ce le danger de mort qui fait la valeur, le frisson de notre mort qui donne la sensation du beau ? Est-ce d'y laisser notre peau que le travail vaut quelque chose ? »

Les noceurs : « Danse, vieux souffleur, danse au lieu de ruminer. »

La mariée dévorée de blanc : « Danse, vieux souffleur, au lieu de ruiner le peu de santé qu'il te reste. Viens sur mon frais giron, viens pour la tarentelle, la java et le pince-mi pince-moi. »

Nous n'étions plus que trois à l'entourer, à l'écouter vraiment, Nush, Hippo et moi. Le jumeau Samuel n'avait pas reparu : l'asile de Flora était loin, à trois heures de route au moins. « Tous ces kilomètres, une folie », disaient les gens de la noce, et ils poursuivaient Flora de leur vindicte, la harcelaient jusqu'au fin fond de son asile (je fais court ici, j'essaie de réunir sous un même vieux vocable éprouvé les périphrases et les euphémismes en vigueur parmi les noceurs : « maison de repos », « clinique des nerfs », « centre de cure », etc.), — sa pure folie, disaient-ils. On avait gardé le dîner de Samy, il suffirait de le mettre à réchauffer lorsqu'il reviendrait, mais il tardait à revenir, et Inès se faisait du mouron, c'était un jour d'engorgement sur les routes, un week-end avec pont, et Anouk voulait la rassurer mais se mordait l'intérieur des joues, mauvais signe ; c'étaient toutes les femmes de la noce, en fait, qui s'inquiétaient du jumeau Samuel. (S'il avait pu divorcer de son aliénée, Samuel eût trouvé là une trentaine de candidates toutes prêtes à le consoler.)

Et lui, le souffleur, tout buriné, tout buté, il s'entêtait : « L'émeraude est-elle plus belle d'avoir été trouvée par un gosse de sept ans rampant dans le noir à vingt mètres sous terre, au fond de puits et de boyaux pas plus larges qu'un chas d'aiguille, où seul un gavroche famélique peut se glisser ? Qui décide que l'émeraude est plus belle que ce galet piqué d'or et d'ocre que ramasse sur la plage un enfant replet et rieur, en short de bain ? Qui décide du prix que valent les dix ongles qu'un gosse s'est arrachés à extraire le caillou vert de la roche ? Quel est le cours de l'ongle d'enfant ? Qu'est-ce qui est plus beau, ou disons : plus intéressant quant au sens de nos vies, entre un verre de cristal et un verre à moutarde ? Ma vie méritait-elle d'être passée à ça, à ce distinguo qui établirait leur distinction ? »

Deux valseurs valsant par là : « Tais-toi, vieux souffleur, tu fous le bourdon. »

Le vieux souffleur : « Aussi je dis que vous êtes folles, toutes, avec vos pierreries. »

Femmes de la noce accourues en colère : « Mais voyons, souffleur, nous, c'est du toc qu'on porte. Notre vieux, notre beau, notre si doux souffleur. Tu sais bien que, pour le vrai béryl, le vrai diamant, le vrai rubis, la vraie perle, on n'aura jamais les moyens. »

Le vieux souffleur : « Vous êtes comme les autres. Si vous aviez leur argent, vous seriez comme les autres. Tout aussi dédaigneuses. Le mineur deux fois mineur, vous lui donneriez du fouet ou de la coca pour qu'il descende plus vite, gratte plus vite, se tue plus vite. Oui, même toi, ma petite Anushka. Vous avez ça dans le sang. C'est un vice de femme. »

Il cracha, hésita : « Enfin, je te trouve bien jolie, Anushka. Tu t'arranges avec le temps. » Inès avait raidi la nuque. Un tic faisait clignoter son œil droit.

Hippo et moi, on se retenait de rire. Pourtant, la vision allait me venir quelques heures plus tard : avec ses cheveux blancs pas coiffés, dans sa robe noire défraîchie — si moche, si minable, comparée au péplum bleu, sept ans plus tôt — oui, ma mère avait embelli, sinon rajeuni. Un miracle, si l'on songeait aux opérations, aux litres de chimio et à la charge (au feu nourri) des radiations.

« Son chant du cygne », murmuraient les femmes de la noce.

Hommes de la noce, effrayés : « C'est l'apothéose de l'aloès, la floraison finale qui signifie la mort. »

Inès : « Pauvre belle cousine... »

Gens de la noce, en parfait unisson : « Dernier triomphe des corps avant la chute ! »

Et lui, qu'on avait épié toutes ces années (comment les compter : cinquante ? soixante ? Qui se souvenait du jour où le jeune souffleur était arrivé aux portes de l'usine, avec tout juste un duvet à la lèvre qu'il renforçait, ingénu, d'un trait de charbon pour paraître un gaillard ?), lui dont on avait attendu tout ce temps qu'il monte dans le car pour la grande ville de garnison, qu'il aille aux filles, au jeu, à la soif, voici qu'il le prenait, ce car, enfin il faisait le chemin de la ville mais ce n'était pas en direction du lupanar, ni des bars ni des PMU : il s'en allait prier sous le préau d'une école désaffectée, « Notre mosquée », disait-il.

C'était comme s'il s'éloignait, comme s'il reniait toute une vie et trahissait l'affection de toute une communauté pour s'en retourner là-bas, là où les gens de Rueil n'avaient pas accès. Il leur tournait le dos et la volte-face faisait l'effet d'une gifle, d'un crachat.

N'avait-il pas parlé de prendre sa retraite dans son pays natal, cette ville avec son nom grotesque tout droit sorti d'un album de Tintin, cette ville baptisée du nom d'un vieux maréchal qui agonisait, héros et président à vie dont il n'avait même pas connu le règne — ayant subi en France un autre maréchal et un autre règne non moins absolu que celui de son compatriote. Mais où était son pays? où, son cœur? où, son histoire? Qui donc s'en irait quitter Rueil-la-Glorieuse pour un patelin appelé Titograd?

« C'est donc bien vrai? demandait le vieux souffleur, ces atrocités que ta cousine dit, c'est vrai?

— J'ai divorcé, oui. Je suis une mère affreuse, une mère sacrilège. Je n'ai pas ta religion.

— Je ne parle pas de ça. Je parle de sa mort. »

Nush m'interrogea du regard. Hippo se rongeait les ongles, ses yeux verts chaviraient. Personne n'avait envie d'en parler, et surtout pas à un vieil homme qui perdait la tête. Mais le vieux, lui, n'était pas contre un peu de sordide dans les détails.

« Et la voiture, c'est vrai ? On l'a retrouvé dans sa voiture, comme un chien ?

— Il a été terrassé, murmurait Nush, les yeux bas. Terrassé par une attaque.

— Humm... Inès dit que les policiers sont venus.

— Ils ont fait leur travail, simplement. »

Or, rien de cette disparition n'était simple. On l'avait trouvé mort, un petit matin, à l'arrière de sa voiture. Son corps bizarrement tordu, pas comme quelqu'un qui se serait étendu pour se reposer trois minutes, non : comme un cadavre qu'on aurait forcé à entrer là, poussé à coups de pied sur cette banquette arrière guère plus grande qu'une corbeille de chien, précisément. On l'avait arrangé, retourné sur le côté, ses membres sagement repliés pour lui donner l'attitude d'un dormeur. Cette violence ultime lui allait si bien. Jusqu'au bout, semblait nous dire le play-boy, boucler la boucle avec panache.

Nush : « Sans te manquer de respect, notre

vieux souffleur, ce n'est pas un jour pour parler de ces choses. »

Lui, épuisé : « Tu as raison, parlons d'autre chose. Passe-moi donc mon paquet de tiges, ma chérie. »

Moi : « Vous voulez un coup de gnôle avec ? »

Lui : « Non, mon garçon. Je fais ramadan. »

Effaré, Hippo scrutait l'assiette du vieux souffleur revenu en islam, où l'on pouvait voir un quignon de quiche aux lardons. « Han !... Vous êtes sûr ? Vous savez ce que vous avez mangé ? » Le vieux fou pas si fou avait intercepté son regard. Il sourit : « La quiche, c'est pas pareil. Les lardons, c'est pas du vrai porc. »

On s'est mis à rire, tous les quatre, dans notre coin, à nous tordre comme des baleines de parapluie. Le vieux souffleur n'avait plus qu'une dent sur deux. J'ai vu des têtes encore se tourner : « Qui se ressemble s'assemble », disaient les regards torves — mais que venait faire Hippo parmi nous, ce bel agneau bouclé parmi les enragés ?

Le souffleur me cherchait de ses yeux blanchis : « Alors, comme ça, tu veux nous faire l'écrivain ? »

Nush rougit, Hippo arrondit les sourcils. Je me taisais, je maudissais et ma mère, et la cousine à qui cette traîtresse de mère avait bavé.

« Qu'est-ce qu'il connaît du vrai labeur, de la dure besogne de chaque jour ? »

Je ne savais pas s'il s'adressait à Nush en m'ignorant ou s'il m'interpellait, moi, à la troisième personne. Oui, que savais-je, moi, de la répétition des machines, de la répétition à l'intérieur de chaque minute des mêmes gestes et de la répétition des minutes à l'intérieur de chaque heure, et de la succession des mêmes heures, des mêmes jours, des mêmes saisons se répétant dix ans, vingt ans, puis trente, puis quarante, puis cinquante ? Que savais-je, avec mes doutes de destinée, du sort exact d'un homme entré à quinze ans dans un atelier pour n'en ressortir qu'à soixante-cinq ? Qu'est-ce que je savais, moi, de ce qu'il avait fallu en tout ce temps avaler de couleuvres et ravaler de larmes, ce qu'il avait dû étouffer de haines et d'envies de meurtres pour accepter la marche de ses jours, pour pas prendre la carabine au râtelier, dix boîtes de cartouches et faire un grand ball-trap à l'usine, les dégommer tous, directeurs, contremaîtres, sous-chefs et chefaillons, jusqu'aux prolos, aux arpètes, aux esclaves, faire une jolie foire, ouais, un beau feu d'artifice au palais des apparences ?

Qu'est-ce que je savais de la sueur ? Qu'avais-je jamais sué d'autre que l'angoisse ?...

Hippo me soufflait à l'oreille des alliances chevaleresques : « Quel vieux chieur ! On l'emmerde, lui et son ramadan même pas casher. On se tire ? Allez, viens, on va se refaire un joint et je vais t'embrasser, mais doucement cette fois. »

Il recommença, obsessionnel.

« On est quoi au juste, l'un pour l'autre ? Cousins, petits-cousins ? Ou rien du tout ?

— M'en fous. Je crois que ton père... attends... ton père était cousin de mon grand-père. Ne t'inquiète pas pour la consanguinité », ajoutai-je avec un rire forcé, mot pas drôle qui l'étonna, plus qu'il ne le froissait ou le choquait.

Il n'écoutait pas mon ironie, s'entêtait à nous rattacher l'un à l'autre au sein d'une chronologie disloquée — l'éloignement géographique ayant achevé de ronger les miroirs où se reconnaît une génération.

« Pas possible, admirait-il. C'est ta mère qui serait ma cousine ? Et moi, je serais un peu comme ton oncle alors, un oncle plus jeune que toi !

— Arrête, Hippo ! C'est toi qui deviens chieur, pour le coup. La famille me fout le cafard. Tu veux rouler ? »

Il considéra le papier et l'herbe dans le creux de ma main, secoua la tête.

« Je sais que fumer, s'excusa-t-il.

— Et encore !... », ajoutai-je pour le faire rougir.

Mais Hippo ne rougissait pas.

Et je roulai, donc, caché sous le pli d'une

nappe en papier gaufré que pour le confort de mes doigts Hippo avait relevée, observant les gestes avec quelque chose de ce qui pourrait s'appeler une forme d'admiration, si l'objet n'en était pas si dérisoire.

De bon matin, ce samedi-là, Hippolyte avait été réquisitionné avec d'autres jeunes gens, les copains de Fred et les frères de la mariée, pour aider aux préparatifs du repas de noces. Ils avaient transporté les cartons de vaisselle, les cubitainers de vin et le fût de bière, mis en place les tréteaux et les chaises, déroulé le papier gaufré sur les plateaux de table, mais leur principale fonction était d'installer la sono pour le bal.

À l'arrière de la salle des fêtes était une grande cuisine tout en longueur, avec d'un côté une batterie de fours et de postes de cuisson, de l'autre une rangée d'éviers en inox et de frigos. Les dames s'affairaient en chantant, l'humeur à la fête et le torchon léger, les robots débitaient saucisses et mortadelles, râpaient carottes et céleris, les mixers montaient des sommets de béchamel et des himalayas de mayonnaise. Toute une basse-cour rôtissait dans les fours, entrant très vite en conflit d'odeurs avec les colins pochés dans les faitouts. Lorsqu'on appela les jeunes gars en cuisine pour une pause-café, ceux-ci esquissèrent un mouvement de recul, suivi d'un léger haut-le-cœur. Quelques croissants frais eurent raison de leurs réticences mais c'était un piège : on les garda pour éplucher un champ de patates. Le seul à n'être pas de Rueil, Hippo s'ennuyait ferme à la conversation de ses compagnons de corvée (qui partait sous les drapeaux ? Qui oserait se faire objecteur de conscience ? Qui participait au motocross ? Qui était prêt à s'acheter un *flight jacket* et lequel d'entre eux serait le prochain à se marier ?...). Depuis les fours et les éviers, d'autres voix charmaient son oreille, des messes basses qu'il eut d'abord du mal à capter, puis, les esprits s'échauffant, un franc et unanime concert.

Femme aux fourneaux # 1 : « Elle accueille chez elle son fils et l'amant de son fils. Inès l'a dit. Édith a confirmé. »

Femme à la plonge # 1 : « Pauvre Anouk. Pauvre fille. »

Femme à la plonge # 5 : « Sous son toit, elle a pris l'amant algérien du fils. »

Inès : « Attendez, vous ne savez pas tout. Elle leur fait à dîner et après ils sortent ensemble, la nuit. Elle va danser avec eux, dans son état à elle, avec sa pauvre santé. »

Femme aux fourneaux # 2 : « Avec l'amant arabe du fils. Elle sort, elle va danser. »

(À l'aide de la spatule en bois, elle se gratte, encore cette démangeaison à la cuisse, sous le nylon de la robe panthère, un agacement qui remonte du genou jusqu'à l'aine :) « Ils dansent, ils boivent, ils fument. »

Femme aux fourneaux # 3 : « Que tout ça sent le scabreux ! Mon Dieu ! »

Inès, hochant la tête : « Scabreux, vous l'avez dit. Et puis, ils l'influencent, ils lui mettent des idées en tête, des idées contre ceci, contre cela. Le monde à l'envers. Elle a même fumé de la drogue avec eux. »

Femme à la plonge # 5 : « Elle se drogue avec l'amant algérien du fils. »

Femme à la plonge # 6 : « Libanais, on te dit. Pas algérien, libanais. »

Femme aux fourneaux # 2 : « Pour ce que ça change... »

Inès, s'empressant : « Là n'est pas la question. » (Ici, a-t-elle un peu rougi ? s'est-elle souvenue de quels sangs mêlés son propre sang procédait, de quel grand écart entre Rueil la blême et Carthage la moricaude lui venait ce visage en chantier, plus incompréhensible que vraiment laid ? J'espère qu'elle a rougi. J'espère qu'elle s'est rappelé alors le doux nom que la bourgade donnait à son fiancé trente ans plus tôt, « un rital, elle épouse un rital qui lui fera plein de petits macaronis », et il n'y avait guère de sympathie ni de camaraderie à appeler ainsi son

Mimmo. Je l'imagine : elle protesterait, d'un seul coup elle comprendrait, elle dirait : « Laissez-moi vivre, laissez-moi avec mon Vitti, mon rital à moi, et laissez vivre Will avec son amoureux, quel que soit cet amour, qui que soit l'élu. » Mais ça n'arrive jamais, ces rebondissements-là. Inès vient de perdre sa dernière chance avec moi et dans cette histoire.)

Inès, alors, se prenant à mentir sous le coup d'une inspiration : « Le comble, c'est qu'elle aurait bien aimé le faire inviter, figurez-vous. Oh ! Elle n'a rien dit, rien demandé, mais j'ai bien senti qu'elle n'attendait qu'un mot, un signe de moi pour rappliquer avec les deux. »

Femmes aux fourneaux et femmes à la plonge, en chœur : « Non ! Elle a osé ? Vouloir inviter l'amant arabe de son fils au mariage de ton fils ? »

Les langues clappent de dépit, l'indignation ravine les fronts et les lèvres.

Inès : « Mais j'ai pris les devants. J'ai dit qu'ils dormiraient ailleurs, que je n'avais plus assez de couchage. »

Femme # 4, employée d'étage à l'hôtel du Coq hardi : « C'est donc ça ! Deux chambres, ils ont réservé. J'ai bien reconnu le nom sur les plannings. Deux chambres, dont une avec un *king-size.* »

Femmes de la noce, grondant : « Le stupre et la luxure, elle les protège ! Le vice et l'infamie, elle les nourrit. Pauvre Anouk. Pauvre malade. Pauvre mère mal aimée. »

Inès, la voix étranglée : « Au Coq hardi ? Ils ont réservé au Coq hardi ? Ce ne serait donc pas assez bien chez moi ? »

Femme # 1 : « Tu viens de dire que tu n'en voulais pas chez toi, de cette engeance. »

Inès, de plus en plus sonnée : « J'en voulais pas non... Mais l'auberge, cette auberge-là. Elle n'avait pas le droit de me faire ça. »

Tollé des femmes : « Pas le droit ! Pas le droit ! Pas le droit ! »

Femme # 5, à contretemps : « Nous chasserons le stuc et la mixture ! Nous éradiquerons le fils et la bigamie ! »

Hagarde, Inès hochait la tête et soliloquait : « Le Coq hardi... On n'est plus assez chic pour leurs pommes. »

Les autres, en chœur, brandissant torchons et cuillers : « Quelle importance ? Tu n'avais plus de quoi les coucher... Ne te retourne pas les sangs, ça n'en vaut pas la peine. »

Inès eut une vision d'effroi : « C'est-à-dire... on aurait pu se serrer. On aurait fait dormir Will avec mon neveu... »

Femme # 2 : « Es-tu folle à ton tour ? Elle est folle... »

Femme # 6 : « C'est contagieux. »

Femme # 1 : « Son neveu avec cet inverti. »

Femme # 5 : « Son neveu dans le lit de qui ? »

Femme # 7 : « Bonjour l'exemple ! »

Femme # 8 : « Et la promiscuité ! »

Femme # 5 : « Car ton corps est Son temple, tu ne souilleras point ce temple. »

Inès, se ressaisissant : « ... mais j'aurais eu peur qu'il me le contamine ! Ah, çà ! Pas question... Il y a des limites, tout de même. (Se sentant observée, elle se tourne vers la table des garçons et surprend les grands yeux verts qui la dévisagent :) Bouche-toi les oreilles, Hippo ! Ces affaires ne te regardent pas. »

Femme # 1 : « Des limites à la patience. »

Femme # 2 : « Des limites à l'indécence. »

Chœur des femmes en cuisine : « Pauvre d'elle, tombée si bas !... »

(*Lacune : ici, Hippolyte a perdu l'enchaînement, si jamais il y en eut un.*)

Femme # 2 : « Ça, on ne peut pas dire qu'elle soit raciste. »

Inès : « D'ailleurs, son plus vieux copain est noir. Sénégalais, je crois. »

Femme # 2 : « Noir... Noir-noir ? »

Inès : « Noir d'encre, oui. Bleu marine, tellement il est noir. La fois où je l'ai vu, chez eux, j'ai eu peur. Un sacré molosse. »

Femme # 5 : « Elle couche avec un Noir ? »

Femmes agacées : « On vient de dire que ce n'était qu'un ami. »

(Elles se dévisagent entre elles, chacune cherchant dans le regard de la voisine la permission d'aller plus loin :)

Femme # 6 : « Enfin... Inès répète en toute bonne foi ce que sa cousine lui a dit. 'Pas, Inès ? »

Inès : « C'est un collègue. Ils travaillent ensemble. »

Femme # 2 : « Je ne présente pas tous mes collègues à ma famille. »

Inès : « Une fois, aussi, elle m'a dit qu'ils partaient en week-end à Honfleur tous les deux. »

Femme # 1 : « Honfleur ? C'est pour les amoureux ! »

Femme # 2 : « Honfleur ou Venise, c'est pareil. »

Inès : « Ils ont un projet de voyage depuis longtemps. Il veut l'emmener dans son village en Afrique. »

Femme # 1 : « La présenter à sa famille. »

Femme # 2 : « La présenter à la tribu. »

Femme # 6 : « C'que tu peux être naïve, des fois, Inès. Je te jure ! »

Inès : « Mais puisqu'elle a son pilote... C'est lui, l'amant. C'est le pilote, et le pilote est tout ce qu'il y a de blanc. »

Femme # 2 : « Et alors ? »

Femme # 1 : « On peut avoir la vérole et un bar tabac. »

Ç'a été un énorme raffut, se souvenait Hippo. (J'imagine : les torchons claquent dans l'air, les poings martèlent l'inox, le fou rire plie les corps en deux... « Arrêtez, supplient certaines, arrêtez de me faire rire ou je vais faire pipi dans ma culotte. »)

Alors, une toute petite voix s'était élevée. Demeurée dans l'ombre (demeurée tout court, disaient les gens de Rueil), la femme sans âge jouait à souffler dans le creux de sa main la mousse du liquide à vaisselle, lorsque, d'entre ses bulles et ses brumes, elle dit de sa voix rêveuse : « Au fond, ça ne m'étonne pas d'Anouk. Déjà toute môme, elle ramassait les chats crevés, les oisillons tombés du nid. Déjà, elle préférait les traîne-misère, les cancres et les crottés. On avait de la viande une fois par mois, et elle avait donné la moitié de sa ration à un corniaud éclopé. Tu te souviens, Inès, la tête de ta mère quand elle a su ? »

Femmes en chœur : « Qu'est-ce qu'elle nous chante, celle-ci ? »

Femme aux bulles de savon : « Elle aura adopté ce garçon. Il était perdu, à la rue... Elle l'aura adopté, nourri, choyé. »

Inès : « Oh ! tu n'y es pas, ma pauvre, mais alors pas du tout. Ce Omar, ou ce Kader, j'ai oublié son nom..., il est riche, figure-toi, très riche même, si j'ai bien compris. »

Femmes en chœur : « Riche ? Ben voyons ! »

Femme # 6 : « D'où ça peut venir cet argent, je vous le demande. »

Femme # 2 : « Comment ça peut tomber entre ces mains-là, on se le demande. »

Femmes en cuisine, *ad infinitum, ad nauseam* : « Elle a toujours aimé le pognon sous ses airs de pas y toucher.

« Le mari, il fallait voir comme il vous jetait les billets à la face.

« À quels trafics ça se livre, c'est pas la peine de se demander.

« La police est venue les interroger, elle, oui, et le fils aussi.

« Ils ont fait l'autopsie ?

« Rien de concluant.

« Flics, mafia, tout ça est en cheville.

« Enfin, la pauvre a bien mauvaise mine.

« Dit-on pas que tout finit par se payer ? »

. . . .

Sans doute aurions-nous dû, par égard pour la fierté des Vitti, choisir un autre hôtel. Mais je crois bien que Nush n'avait pas mesuré l'ampleur des dégâts, la dégringolade qui les emportait. Je me souviens que nous vivions alors des heures, des semaines, des mois de chaos. Il n'y avait guère de place pour les autres, guère d'attention à payer aux autres. Cela, je m'en souviens ; cela je le comprends, comme parfois encore je crois saisir en rêve la main tendue de ma mère, et tenir dans mes yeux gonflés ses yeux rongés de peur et de révolte de mourir.

Juste un mot, ici et pour n'y pas revenir : pas plus que Nush ne me parlait de son amant le pilote de chasse, je ne l'entretenais d'Amer. Elle l'avait aimé, dans les débuts, émue par ce gosse privé de sa famille — et elle aurait pu l'adopter, disait-elle, « en seconde main ». Que nous soyons devenus amants jeta comme un froid ou disons : réfréna ce premier élan maternel. Ce n'était pas du dépit. Nous avions pris elle et moi accoutumance de l'exclusivité, et cela depuis si longtemps que nos amants

< nos tiers payants   car il faut bien que quelqu'un paie   quelqu'un   la Pureté des Sentiments   le Temple de ton Corps n'appartient à personne   juste prêté   Loué soit notre Esprit >

nos amoureux n'y pouvaient changer grand-chose en bien ou en mal. À quoi bon nous interroger ? Moi, le pilote de chasse ne m'intéressait pas. Son seul nom me faisait bâiller au téléphone. D'Amer et moi, Nush ne disait que trois choses : nous roulions beaucoup trop vite, nous buvions trop de whisky et nous fumions trop — lui, ses cigarettes, moi, mes joints. On se tenait mal, à l'évidence, mais ces mots-là, Nush ne s'abaissait pas à les prononcer.

(On pourrait tenter une histoire express d'Amer sous les traits d'un contresens amoureux : moi qui aimais les échalas, qui n'ai jamais désiré, finalement, que de hautes carcasses, des don Quichottes décharnés, des christs écorchés, des sadhus pâmés, moi dont toute l'érotique consistait à coller mon corps à un assemblage d'osselets fragiles qui me blessait la chair et qu'un geste de moi un peu plus appuyé aurait brisé dans un bruit de crime, voici que j'étais échoué dans les bras d'un nounours fait homme, potelé et doux. On n'embrassait pas Amer, on ne le caressait pas : on le mâchonnait, on le pelotait, on le malaxait, on le pâtamodelait. (Le premier soir qu'elle le vit, Opium, ma siamoise bleue, lui sauta au visage toutes griffes dehors, lacéra les deux joues puis le mordit aux mains. Voulant l'esquiver, il heurta la poutre de la mansarde et s'ouvrit le crâne. Il aurait dû se méfier, dès lors, lui dont même les poissons rouges tombaient amoureux. Refuser mon alcool à 90° et dévaler les six étages sans se retourner, fuir cette chambrette mieux gardée que les Enfers. Sa deuxième visite fut accueillie par un bref feulement, un coup de griffe paresseux : amadouée par le kilo de saumon fumé dont je l'avais gavée, Opium roula sur son gros ventre corrompu et s'endormit pour douze heures. Amer ne la touchait pas, s'effaçait pour la laisser passer — et c'était souvent, dans l'immensité de la chambre de bonne. Elle l'ignora, bâillant dès qu'il la regardait, léchant, lascive, les coussinets gris-bleu de ses pattes sans jamais le quitter d'un œil. Parfois, s'il cherchait à la soudoyer d'un compliment sur sa robe blanc pur ou sa silhouette de fauve, elle tournait la tête vers lui et le fixait quelques secondes, la pupille noire s'étrécissant et se dilatant tour à tour dans le bleu cruel de l'iris, puis, bâillant derechef, elle levait les yeux au ciel et se détournait, hérissée de dédain.)

Amer n'était pas exceptionnellement beau, non, mais dégageait une incroyable tension sexuelle. Au moindre pas, au premier frémissement de lèvre, au plus anodin regard, son corps envoyait les signaux immédiatement lisibles d'une sensualité volubile, peu raffinée mais peu regardante aussi. Cet appétit pour moi finit par se confondre avec son bavardage : et sans doute ce corps prodigue comme son ivresse de paroles exprimaient-ils la même avidité de contact, la même angoisse qui ne dit pas son nom. Le bavardage me lassa en premier ; quelques semaines plus tard, son corps charnu me parut trop lourd, le grain de sa peau s'épaissit sous mes doigts et sa sexualité solaire et vaillante devint aussi répétitive qu'une longueur de bassin en piscine scolaire.

... « C'est bizarre, avait fait Nush, songeuse, l'œil rivé à mes boots.

— Elles sont moches, tu l'as déjà dit.

— Je viens de réaliser que ton père aurait pu porter les mêmes. Je n'avais jamais envisagé que tu puisses lui ressembler. Que tu puisses avoir les mêmes goûts. C'est ça, le bizarre. »

Amer les avait rapportées d'un magasin rock de Soho. Étrange cadeau que ces chaussures à bout armé qui m'empêchaient de marcher, où le pied cherchait en vain sa place, les orteils écrasés sous la coque de métal intraitable. Lorsque je lui demandai s'il se croyait éventuellement pervers, il se récria : « Je les ai trouvées belles et à ton style. Ce sont des pièces uniques, figure-toi, 100 % *handmade.* » Faites à la main, sinon pour les pieds. Lui aussi aimait m'habiller pour me transformer et me promener dans son monde argenté et tapageur. Lui aussi aimait les voitures trop rapides, les nuits blanches et le jeu.

J'ignore où est Amer aujourd'hui, s'il est encore. Parfois, je sens au creux de moi qu'il est mort et j'ai peur. Au glas des statistiques, je devrais l'imaginer mort d'un sida. Mais au jeu de probabilités plus intimes, je pense qu'il a réchappé du massacre et — si tant est qu'il ne gambade pas en forêt de Central Park ou ne gravite pas en orbite autour de la Terre dans un safari *high-life* —, autre chose me dit qu'il aurait pu tenter le sort avec tous ses bolides stupides, bas de plancher et hystériquement chers. J'ai su qu'il avait épousé l'héritière d'un sellier milanais. Sans enfant, ils divorcèrent au bout de deux ans. On m'a rapporté qu'il continuait de mener une existence de façade, gardant toujours dans le coffre de ses voitures successives, cachée sous un sac de sport, la tenue de rechange qui lui permettait d'entrer dans les bars à rut où l'on vous refuse si vous portez costume, où l'on vous rit au nez si vous vous présentez en smoking. Pauvre Amer ! ne l'ai-je pas assez maltraité alors, pour le poursuivre de mon mépris vingt-cinq ans plus tard, et le noircir page après page ? Quelque chose me dit que pour le traiter ainsi, le ressusciter à ce point physique où chaque odeur de chaque repli de son corps m'enveloppe au présent, pour lui donner cette place digressive et inutile à mon histoire, j'ai dû l'aimer bien plus que je n'en avais idée et décidé.

Je me souviens de lui, de sa façon de m'appeler de la rue dans un déchaînement de klaxons. Il se garait en double, en triple file, faisant hurler la rue, imperturbable quant à lui. Je me souviens des reproches, de son dépit de ce que je faisais sur la vieille Erika noire aux touches cerclées d'argent, une machine des années quarante, qui, posée sur la table à tréteaux, semblait le centre de gravité de la mansarde. « Écrire, disait-il, mais c'est une maladie ! » Il désignait le cendrier débordant, les monticules de thé dans l'évier, les rames de papier martelées de signes et toutes croûtées de correcteur blanc. « C'est ton esclavage. »)

À l'heure critique des chansons, la cousine Anouk s'était laissé prier. Elle n'avait plus de voix, s'excusait-elle, sa voix avait brûlé. La mère du marié se dévoua la première et, comme à son habitude, choisit un curieux répertoire, un air d'Arletty qui ne risquait pas d'être repris en chœur : la plupart des convives ne l'avaient jamais entendu, ou si peu qu'ils croyaient le découvrir. Le texte parlait de gigolos, de bijoux volés, d'un casino à Nice, d'une michetonne bafouée... Un peu ivre, sans doute, Inès se lâchait et, prenant des mimiques et des poses canailles, elle s'essayait à imiter la gouaille parigote. Elle put goûter son succès, eut droit à un rappel, puis les regards revinrent au front buté de Nush. La chanson qu'elle choisit mit tout le monde mal à l'aise, une complainte bien noire et presque agressive de Barbara, laquelle, à en croire la rumeur des tablées, n'était pas une bonne muse pour les mariages. Il y eut un long flottement, puis Inès applaudit de son milieu de table, à sa suite le gentil Fred et sa mariée, et quelques autres encore, à contrecœur.

(Le timbre était là, velouté, à peine voilé, mais si affaibli qu'on en avait mal pour elle, sa gorge, ses cordes vocales irradiées. Pourtant elle chantonnait encore, pour elle seule, chez elle et jusque dans ces chambres des nombreux hôpitaux où elle passait le plus sombre de son temps. Et c'est comme dans une extension de son appartement qu'elle y accueillait son tout petit monde, déballant les bouquets de fleurs avec une joie non feinte, se faisant apporter par une infirmière un pot quelconque pouvant faire office de vase et plaçant les fleurs le plus loin possible des fenêtres pour les protéger du soleil cuisant.

Je ne sais pourquoi : j'ai toujours l'impression qu'il fait beau dehors quand on est dans un hôpital. Je ne me souviens que de ciels bleus dans les cours de Boucicaut, de la Pitié et de Rothschild ; je revois des arbres en bourgeons ou bien éclaboussés de fleurs, des infirmiers torse nu sous les blouses et portant des sandales de bois presque balnéaires qui claquaient joyeusement sur le bitume ou le linoléum. Les stores étaient toujours baissés dans les chambres pour filtrer le soleil insistant. Les marronniers roses embaumaient.

Il paraît qu'il fait toujours beau, de même, les

jours où se déclarent les guerres. Mes deux grands-mères disaient ça ; je les trouvais un peu fantasques, sinon gâteuses. Je n'ai pas songé à le vérifier de mes propres yeux, mais comment oublier le ciel bleu pur de Manhattan le jour où les tours sont tombées — cette radieuse indifférence ?

Tout au long des mois d'alitement, Nush avait pris une certaine habitude, une certaine façon de s'asseoir dans le lit en amazone, les jambes pliées de côté, les chevilles glissées sous les fesses, le dos parfaitement droit, draps et couvertures repliés au pied du lit, dans des sortes de tenue qui n'étaient pas des chemises de nuit, pas des robes de chambre non plus : des boubous coupés dans des batiks et des wax africains aux couleurs pétantes, indigo, citron ou corail, au plastron et aux manches rebrodés de fil d'or ou d'argent, que l'ami de toujours, Ismaïla, lui rapportait de Casamance et de Mauritanie. « Tu es notre reine de Saba », disaient en riant Ismaïla et son collègue, Babacar, comme lui navigant sur Air Sénégal.)

« Ta mère, me dit Inès, émue et très en verve... La voix de ta mère, c'était quelque chose, quand même. Un sortilège, disaient les gars quand on était plus jeunes. Tu ne peux pas savoir... Dommage qu'elle n'ait pas tenté sa chance à l'époque, pas essayé... Dommage. » Ce qui resurgissait alors, Inès n'en confiait pas le dixième.

C'était les genoux du maire, encore ; c'était le papier bistre du journal où la petite cousine est photographiée la bouche levée vers un gros micro qui descend des cintres tandis que, derrière elle, dans le fond de scène, se dresse le portrait géant du maréchal de France et messie passé à l'ennemi ; c'était sans doute aussi les jolis gars que la voix ensorcelle, ces petits malins qui croient vous emballer au bal quand c'est vous qui les attrapez et les menez par la ceinture ; c'étaient peut-être des choses plus intimes, des secrets de cousines, des chasses aux libellules et des balades au bord du fleuve à fredonner ces histoires de coquelicots, de petit cordonnier, de palais princier, de ponts où l'on danse en rond et de ponts qui s'écroulent sous le poids de la foule...

On avait sorti les cotillons — confettis, serpentins et mirlitons chahutaient l'air confit de la salle, deux zozos distribuaient les chapeaux pailletés, les faux nez et les fausses moustaches. De chanson en chanson, le répertoire dérapait peu à peu. On entama l'inévitable hymne à la destruction, les chansons grivoises, puis les histoires salaces, jusqu'aux blagues porno que des épouses rougissantes se faisaient expliquer. Fred riait, ses copains riaient et parmi eux, le plus intrépide — un certain Romuald ou Romain surnommé Roméo — était le fils d'un ancien épicier de Rueil devenu propriétaire d'une chaîne de supérettes.

Hippo se pencha à mon oreille : « Je crois que je ne pourrai pas supporter plus longtemps. Le prochain qui dit pédé, qui dit enculé, je sens que je vais lui défoncer la tête. »

Moi : « Écoute. Apprends. »

On conduisit la mariée au centre de la salle, on la hissa sur un tabouret et on lui fit relever son jupon blanc. Les enchères au cuissot de mariée avaient commencé, encouragées par les hourras des hommes, le chœur complaisant des femmes. Est-elle pas fraîche ? semblaient demander les petits yeux d'Inès en effervescence. Proxénète malgré lui d'une fiancée à peine déflorée que déjà prostituée, le marié lui-même se rengorgeait sous le nœud pap', ça lui faisait un double menton, un air de poussah. À ce jeu de la jarretière, ledit Roméo s'illustrait à grand bruit : les billets fusaient de ses poches en nombre croissant tels les foulards ou les cartes des mains d'un illusionniste, billets bien réels, cependant, qu'il froissait, faisait bruisser entre ses doigts, puis glissait dans la corbeille aux enchères promenée de table en table par un autre copain de Fred, un type bègue qui se rêvait commissaire-priseur. La noce applaudissait à tout rompre, une armée en bottes martelait le plancher.

De la cataracte ou de la nausée, on ne sait ce

qui troublait le plus le regard du vieux souffleur. Bientôt, le bègue à la corbeille fit descendre la mariée de son podium et la conduisit au Roméo, à qui elle tendit sa cuisse courte. Le gars tâta, glissa un doigt sous le ruban rose pour en faire claquer l'élastique, mais n'eut pas le temps d'y fourrer de nouveaux billets.

« Ça suffit ! » tonna le vieux souffleur à qui la colère redonnait du coffre. La mariée rabaissa son jupon souillé. Le Roméo rempocha à regret son pognon.

Les yeux d'Hippolyte m'interrogeaient : *On trace ?* J'ai opiné : *On se cavale, oui !* Dehors, on a respiré.

Dans l'arrière-cuisine, Hippo avait prélevé deux flasques de mauvais cognac qui déformaient ses poches de veston. Il a voulu passer par les fours, offrir le cognac aux gars qui faisaient la nuit. C'est de bon cœur qu'ils nous trouvèrent une lampe torche. Nous la confiant, ils se marraient : « Et vous allez où comme ça ? Pêcher la grenouille ? »

On traversait la cour d'honneur. Hippo m'enlaçait la taille et cherchait mes lèvres, j'ai dit : « Tu es dingue, pas ici », mais il s'accrochait à moi, me tirait la nuque en arrière, « je veux te montrer que je sais embrasser, un jour au moins, je saurai embrasser et tu verras, tu me supplieras ». Soudain, dans le faisceau tressautant de la lampe, apparut le visage d'un contremaître venu à notre rencontre pour prendre des nouvelles de la noce. Hippo redressa la tête et ceignit plus étroitement mes épaules.

« Comment ça s'appelle quand je prends ta main et que je baise tes phalanges une à une, là... comme ça ? Comment ça s'appelle, quand je caresse la clavicule, quand j'embrasse, là, le creux de la clavicule ? Et si j'embrasse ta nuque, si je lèche sous l'oreille le triangle tendre, tu crois que ça s'appelle comment ? Pédé ? C'est bien ça qu'on dit ? »

Devant les grilles de l'usine, il a délié ma cravate noire et l'a nouée à deux barreaux. Il souriait, victorieux. Il voulait courir et je ne pouvais suivre — au bas des jambes, j'avais deux poids morts baignant dans le sang. J'ai ôté les chaussures ferrées qui me faisaient assassin et victime, je les ai balancées dans le canal d'épuration qui, logiquement, les aura menées au fleuve.

Pour arriver jusqu'au fleuve, on pouvait prendre un chemin de mâchefer, celui par lequel était convoyé autrefois le bois en grume pour les fours, ou bien couper à travers champs les grandes prairies de l'été, ces herbes hautes où l'on plonge, enfant, comme dans un bain de plumes. (Devenu adulte, les hautes herbes qui me dépassaient autrefois, où je me cachais debout, m'arrivaient aujourd'hui tout juste à la poitrine. Mais la sensation plumeuse, le doux bruissement des hampes froissées, cela était encore et j'avais dans ma main la main d'Hippo qui me donnait des ailes, évidemment — avant de me faire tomber au beau milieu des herbes, de m'y rouler.)

L'aîné : « C'est ici qu'on l'a repêché, entre ce quai et la pile du pont, retenu par un amas de branches mortes. »

Le cadet : « L'oncle Jacob ? P'tain ! Tu pouvais pas me conduire ailleurs ? »

L'aîné : « Je ne parle pas de Jacob, je parle du gosse. Le gamin qui faisait la une des journaux et des télés, c'est là qu'il avait fini par s'échouer. Les écrevisses et les poissons avaient commencé à le bouffer, il paraît. »

Le cadet : « Tu es toujours aussi sinistre, ou c'est seulement pour moi ? »

L'aîné : « J'ai envie de danser. »

Le cadet : « Sans musique ? »

L'aîné : « Assure la mélodie, je ferai la boîte à rythmes. »

... Je nous revois, ou plutôt : je les revois, comme si j'avais troqué l'écran d'écriture pour un écran de cinéma : c'est le petit matin, l'intersection du fleuve et du canal, ils dansent sur la calade du débarcadère, les galets tordent les chevilles, le plus grand (Hippolyte) est un peu asynchrone, oh ! ce ne n'est pas grand-chose, juste que son déhanchement précède d'une demi-mesure la percussion à venir, le plus petit (celui qui fut moi) essaie de le ralentir, il resserre l'étreinte, se colle au ventre, aux crêtes iliaques du bel Hippo. Dans mon objectif, ils sont touchants. Sur l'autre rive, on voit s'allumer le sémaphore du bar de l'écluse...

Quand nous étions, lui, un enfant de dix ans, moi, un adolescent d'à peine quatorze ans, je l'avais considéré de haut, telle une entité négligeable et matière à ennui. Qu'avais-je vu au juste ? Non avenu qu'il était, retenu dans ces limbes que je quittais à peine, Hippolyte avait-il pu m'apparaître comme l'esquisse de quelqu'un, la gésine d'un amour ultérieur? Ce ressouvenir, l'ai-je forcé? Curieusement, alors que nous étions deux hommes à présent, égaux et sexués, l'impression première perdurait et j'allais coucher avec un enfant. Je me laissais aller à imaginer ce qu'avait pu ressentir Roxane avec moi sept ans plus tôt. Je me demandais si elle se l'était formulé comme moi : « Je couche avec un gosse. » Si elle avait changé ses habitudes, exploré d'autres sensations, pris garde à la texture de la peau, par exemple, et si, devant la frayeur palpable de l'amant, elle avait fait ses gestes plus doux, plus solennels — ou si, plus réelle, plus incarnée, elle avait laissé son corps et sa tête agir à leur accoutumée.

En quoi ces quatre petites années qui me séparaient du frère formaient-elles ce fossé, bientôt un gouffre? C'était l'effet du bac, je crois, de ce mot précis, « bac », au moment où il le fit siffler à mes oreilles — un peu une claque. Hippolyte venait de passer l'oral de rattrapage et aurait les résultats le lundi matin. Pour une trentaine d'heures encore, il restait un lycéen — archétypale figure, tabou en même temps.

On ne peut pas dire pourtant que le suspens lui pesait. Repêché ou non, il était admis et déjà inscrit à l'école du Cirque, heureux d'avoir gagné sa sélection chez les saltimbanques comme un autre se fût félicité d'intégrer l'Éna ou l'X.

« C'est mon numéro de voltige qui les a conquis, assurait-il avec une vanité naissante, presque une forfanterie, qui m'étonna. Je suis très bon en voltige. »

(La ménagerie rôdait — réminiscences de cage aux fauves.)

Ce mot de voltige fit s'animer devant mes yeux un cortège spontané d'images légères et de saynètes grivoises, toutes à caractère hétérosexuel. Peut-être parce que ces mots mêmes, grivois, graveleux, coquin, cochon, cru, corsé, salé, et tous leurs sous-produits argotiques sont des idiosyncrasies de la norme, dont la seule qui m'ait jamais charmé, euphonique en même temps que désuète, « olé-olé » emprunte, elle, à la corrida plutôt qu'à l'art équestre < Que l'arène exige   qu'un taurillon soulève enfin la cape et la fasse tournoyer, sang et or, sur les hanches étroites du *novillero* telle une jupe d'amazone   mon *angel*   mon novio >

Moi : « Le cirque, hein ? Te souviens-tu, sais-tu seulement que pour vague ancêtre commun, nous avons ce type tout droit sorti d'un roman-feuilleton, ce chanteur de rues habillé en tzigane... »

Lui : « Jamais entendu parler. Tu dois te tromper. »

Moi : « ... ton arrière-grand-père, peut-être,

quelque chose comme ça, il chantait et dansait aussi, à chacun de ses pas on entendait cliqueter breloques et sequins, tandis que sa femme — ton arrière-grand-mère — passait parmi les badauds en tendant son tambourin où elle faisait sauter les pièces pour exciter leur charité. »

Lui : « Je t'assure que tu te trompes de famille. Ou bien tu as raté un aiguillage. On s'en fout. »

On était remontés vers les hautes herbes de la berge, couchés sur la plus soyeuse et la plus fraîche des litières.

Moi : « Tu trembles. Tu as de la fièvre ? »

Hippo : « Non, je ne tremble pas. »

Moi : « Tu claques des dents. »

Hippo : « Je l'ai jamais fait avec personne, fille ou garçon. J'ai peur un peu. »

Will : « Je sais. »

J'ai caressé l'échine grelottante où je sentais bosseler chaque vertèbre ; j'ai frotté, fort d'abord, puis doucement.

Lui : « Qu'est-ce que tu fous avec un type que tu n'aimes pas ? »

Filent les étoiles dans la nuit.

Moi : « C'est déjà du passé. »

Lui : « Tu es peiné », dit-il, se détachant de moi, l'œil méfiant.

Moi : « Je ne suis pas fou de joie, pour dire la vérité. Mais heureux que tu sois tombé du ciel et que tu aies choisi ce trou horrible, cette journée nase. »

Lui : « J'ai profité de la pluie d'étoiles pour descendre faire un tour. »

Moi : « Sur ton cheval ailé ? »

Lui : « Sur mon vaisseau spatial, banane ! Un cheval avec des ailes, ça n'existe pas. »

Les mains étaient sur ma gorge, sous ma chemise, les mains ne serraient pas aussi fort que je l'aurais voulu, mais bien plus fort que la moyenne des mains. La torche roulait au bas de la berge, — un vague clapotis a signalé sa chute dans les eaux du fleuve.

Comment expliquer que son prépuce à lui ne gênait pas ? Fourreau si fin et si fragile, je me sentais un devoir de le manipuler avec douceur — trop de douceur, même, à en croire le jeune homme au bout du bout, qui implorait que ça chauffe, que ça exaspère, que ça gicle.

J'avais tellement besoin qu'il me baise (d'autres diraient : qu'il me pénètre, mais c'est se donner bien de la valeur, se supposer soi-même un mystère, un sanctuaire), tellement besoin de son sexe en moi, de ce boutoir pour calmer l'angoisse des clôtures, des deuils, des séparations, des abandons, tellement envie qu'il m'occupe de la seule façon qu'il est possible pour un être d'en prendre un autre : par son sexe, j'en avais tellement nécessité que j'avais mal à tous les muscles et froid dans tous les os, mal aux dents et mes dents grinçaient malgré moi, mal aux abdos et mon ventre se nouait d'être vide, négligé. Or, j'étais l'aîné — et l'affranchi ; il était le cadet — et l'innocent. Et l'innocent, très clairement, avec cette façon époustouflante de fraîcheur qu'ont les garçons doux mais virils (virils mais non violents ?) au moment de se faire mettre, l'innocent Hippo crachait sur le bout de trois doigts un glaviot magique et, soudain très averti, s'arc-boutant à peine, écartant à peine les cuisses, le déposait entre ses fesses duveteuses et brûlantes. J'avais extrême urgence de sa queue (ici, un ange passe : il me semble que dans mon adolescence, ma génération à moi de morveux, on disait bite, bite à tout bout de champ, bite très laidement, bite obstinément, mais cette queue, je crois l'avoir rencontrée la première fois chez Genet, en décalage donc, puis elle est devenue le mot courant, quasi consacré pour dire ce dont j'avais besoin : un amas de tissus caverneux néanmoins érectile, néanmoins solaire), mais à la façon toujours incroyablement naïve et bouleversante dont l'innocent se retourna, et, s'accrochant aux grilles de la verrerie, cambra un peu plus les reins, recracha dans sa main, saisit mon sexe (queue ? bite ?) et le fit pénétrer dans son cul aussi serré que le cœur d'une vierge au moment de dire oui, je me dis que les rôles étaient distribués et que je devais trouver une forme de joie à défoncer le prince charmant dont j'attendais subir. L'anneau était si étroit que je me déchirai la queue (ou la bite) mais j'avais beau maudire mes circonciseurs : en même temps que cette friction douloureuse (à mon tour, je crachai dans mes doigts et baptisai, avec toute la tendresse (la gratitude ?) dont je me sentais capable, la région sacrée de mon beau cavalier), un impératif irrépressible montait, une poussée après l'autre, une plongée avant l'autre, je me réfrénai de jouir bientôt, trop vite, avec en tête cette idée idiote que le plaisir se mesure à l'héroïsme, l'héroïsme à la durée de l'acte, et que le grand homme besogne sa femelle sans jamais éjaculer, lui procurant d'infinies jouissances ou des traumas vaginaux, c'est selon, comme si je ne savais pas, moi, qu'une femme peut elle aussi, tout autant qu'un homme, jouir debout, en deux minutes, dans un couloir de RER puant la pisse et le clochard aviné, comme si ce n'était pas ainsi que les choses, le monde, la conscience, la pensée avaient commencé : dans le chaos, le chaos où des mâles demi-bêtes chevauchant les reins de femelles demi-bêtes cherchaient entre con et cul le chemin indiqué pour se reproduire eux dans leur état de brutes, mais me souvenant de comment ç'avait été, pour moi, la première fois, me rappelant ce supplice, cette souffrance inexplicable et auto-infligée, je me dis que jouir au plus vite serait le délivrer le plus vite possible.

De l'amour. Du respect.

Hippo se retourna et, s'écrasant contre moi, me perfora le bide de ses hanches aiguës

< quelle était la chanson déjà   et quelle était la chute ?   Respect *But when you come home*   *Please*   Aux marches de son Corps je me suis prosterné   Laissez-le-moi encore   *Just a little bit*   *Please*   encore un peu à moi >

sa queue vibrait, ruant par saccades et comme appelant, implorant elle-même de jouir, alors je l'ai prise, j'ai craché encore dans ma main, j'ai empaumé la queue et je l'ai branlée, oh ! pas longtemps, il ne mettait pas longtemps à découvrir et à jouir, il n'avait pas longtemps à rester innocent, et quand je l'ai senti trembler, quand la peau s'est mise à frissonner, je suis tombé à genoux, j'ai juste voulu savoir, et j'ai su, quel goût avait son sperme, quelle puissance son déferlement à mon palais, son comblement à ma gorge : il avait goût d'amande, un goût d'enfance, un goût de vacances heureuses : le goût de l'*horchata*, ce lait d'orgeat que je buvais les mois d'août en Espagne, dont j'abusais jusqu'à la nausée, sur les plages de Valence et de Gandia.

. . . .

Sur la plage de Gandia, on retrouvait chaque été les mêmes figurants, à commencer par ce couple masculin (« petit couple », s'amusait mon père, expression obscure qui me torturait, mais dont je savais déjà entendre l'essentiel : le condescendant, le gentil mépris), un gars blond très blond se faisant masser à l'huile solaire par un gars brun très fourni en poils bruns. Les deux jeunes types portaient des maillots de bain si minuscules, si ridiculement étroits que la touffe du pubis débordait au-dessus et que le lambeau de viscose jaune (ou blanche ou bleue) leur collait à l'entrefesses.

. . . .

Le vol ouaté d'une chouette traversait le ciel sur nos têtes, son sillage duveteux bénissait nos poitrines. J'avais peur.

« Je t'aime tant, ai-je dit.

— Qu'est-ce que tu racontes? Tu aimais l'autre, il n'y a pas deux minutes de ça. Tu vas vite en besogne. Un clou chasse l'autre, c'est ça?

— Je ne sais pas ce que je raconte. »

J'ai ripé hors de ses bras. J'allais me relever, il emprisonna mon poignet.

« Ai-je dit que je ne t'aimais pas? Redis-le. Redis ce que tu ne sais pas. »

Sa voix s'était nouée, sombre, haletante.

« Baise-moi encore », fut sa dernière parole, bourrue, presque hostile.

. . . .

Un jour, le blond expliqua à Nush, déjà caramélisée par des heures d'abandon au cagnard, que pour brunir encore il avait une décoction d'huile d'olive et de citron. Nush approuva à mains jointes, s'enduit de l'onction bronzante, devint tout à fait égyptienne, et sur les photos qui me restent, où elle est en mini, ou bien en panty, c'est la plus rigolote des mouquères que j'aie jamais vues. Du cuir tanné et retanné. Avec cette chance un peu injuste des vrais bruns quand ils s'attardent au soleil : jamais aucune brûlure, aucune cloque, ni même la sensation que ça chauffe. Et c'était bien elle, liée à mort aux cousins de Tunis ou d'Oran, elle et sa radicale étrangeté à moi : soudain, je la maudissais de m'avoir laissé rouquin, la peau blanche criblée d'éphélides, avec mes bêtes yeux bleus — plus gris que bleus. Je la maudissais de m'avoir fait à l'image de mon père, dans la gamme inférieure : le Pb, je le savais, était bien plus beau que je ne le serais jamais

. . . .

On jouissait.

« Je t'ai fait mal?

— Te mêle pas de ça, fit Hippo. Ça ne te regarde pas. »

Ceci alors : un ouvrier, accusera-t-on, un malheureux qui rentrait de son service de nuit à l'usine et empruntait le pont vers les tout nouveaux HLM qui ont repoussé les frontières de la cité modèle. Il nous a surpris, dirons-nous pour notre excuse, mais qui, de lui ou de nous, est le plus surpris ? D'abord, il est trop fatigué pour s'étonner, rire ou se révolter, trop éteint pour quelque émotion que ce soit : il poursuit son chemin, dans sa moustache il grommelle quelque chose comme pardon, comme désolé, puis il réassujettit à son épaule le baluchon en similicuir où sont la gamelle vide, la bouteille de bière consignée, le chandail au cas où, le mini-poste de radio pour pas piquer du nez. À sa femme, il dira : « J'ai surpris deux jeunes à faire l'amour sur la rive. » À peine réveillée que déjà occupée au service de son homme, à lui réchauffer du café et de la quiche, la femme n'a pas écouté.

« Deux jeunes. Deux garçons, figure-toi.

— Tu divagues. Tu auras mal vu. Tu ferais bien d'aller chez l'oculiste, depuis le temps que je te le dis.

— N'empêche. Les deux voix que j'ai entendues et qui m'ont alerté, c'était deux voix mâles. Je ne suis pas sourd.

— Mange ta quiche, dit l'épouse, bois ton jus, vieux mateur, et allons nous coucher, voir si ta tuyauterie à toi marche encore. »

Las du robinet ! L'ouvrier était obsédé par deux queues battant l'air, menant une *feria* héroïque, se disputant chacune le cul ou la gorge de l'autre pour y éjaculer de façon hyper-dégoûtante. L'épouse se sentit délaissée. Imagina que c'étaient deux gosses de la cité, réduits à ça, à le faire comme ça, en cachette du monde, en désespoir de cause. Elle avait deux filles, pas un fils à chérir (pas un robinet à surveiller). Elle se coucha. Son homme tournait en rond dans le vestibule, elle le devinait, hésitant devant le guéridon, la main démangée par le téléphone. Elle entendit crépiter le cadran. « C'est vous, mon adjudant ? »

Dans le fouillis des draps et couvertures, j'imagine alors combien sa chemise de nuit lui parut lourde sous la dentelle, une camisole tissée de plomb. (Je songe à vous, Flora, en écrivant ces lignes, chère Flora, inconnue même à moi qui ai baisé vos deux enfants. Les ai aimés aussi, un peu, surtout, aimés d'un amour étourdi, aveugle et inconscient des transgressions à l'œuvre, ces jeux interdits dont j'étais le joker et le hochet pareillement. Bravo à vous. Et encore merci.)

Dès neuf heures le matin, le ciel était chauffé à blanc. Je me souviens d'avoir porté une main à mes yeux pour les protéger de tant de lumière succédant à la pénombre d'une salle grillagée. Sur le perron de la gendarmerie, ils nous encadraient et nous évitaient en même temps, accablés plus que coléreux : réfugiée derrière ses verres fumés, Nush regardait droit devant elle le vide à l'horizon ; Samuel, blanc de carême et muet, peinait à respirer. Est-ce que j'avais honte ? Peut-être, mais pas pour moi. C'était pour elle, ma mère dont les joues s'étaient creusées, dont l'œil noyé fixait le lointain, fixait n'importe quel point de l'espace où je n'étais pas. Je m'inquiétais pour le cousin Samuel, si pâle, vieilli de vingt ans en quelques minutes, incapable d'articuler une phrase, s'étouffant à retenir ses sanglots. Et je m'inquiétais pour Hippolyte, non pas que son père me semblât une menace — il était bien incapable de violence ou de rétorsion —, mais parce que je sentais à quel point le fils était malheureux de la déception et du chagrin qu'il causait.

C'est à eux les premiers que la matriarche s'en prit : « Je le savais, siffla-t-elle en direction de son petit-fils, je l'avais bien dit, que tu serais dégénéré. Je ne m'étais pas trompée ! (Se tournant vers son fils :) Et toi, espèce de chiffe molle, espèce de lavette ! Je t'avais prévenu de pas lui laisser ses cheveux de fille. A-t-on vu un gamin avec une natte sur les fesses ? Mais non, monsieur aime se faire remarquer, monsieur épouse des actrices et oublie d'élever ses enfants, rien n'était assez beau ni original pour la bonne femme et ses gosses ! »

Sans répondre, Samuel plaqua sur la joue de sa mère un baiser mort, obligea Hippolyte à faire de même, et ils s'en furent.

Nush s'était décidée enfin à me regarder. « Tu pouvais tout me faire, dit-elle, mais pas ça.

— Je suis désolé. Désolé de te mettre dans ce pétrin avec eux.

— Il s'agit bien d'eux ! J'attendais que tu me raccompagnes à l'hôtel. J'ai attendu toute la nuit. Toute la nuit, je les ai eus sur le dos. Alors voilà : je n'ai pas dormi, j'ai commencé la journée chez les flics, et j'ai le droit d'être furieuse. »

(Le lendemain soir, sur une plage, alors que

nous nagerons côte à côte, elle racontera au rythme des vagues : « Quand ils vous ont sortis de cellule, quand vous êtes apparus dans le hall... c'était comme une insulte... une injure à la face du monde... Vous n'avez même pas fait semblant de vous sentir coupables, non... Même pas. Vous êtes arrivés, c'est comme si on avait vu deux bites..., deux bites avec des mines réjouies, deux bites heureuses, deux bites... amoureuses. C'était révoltant. » On rira, si fort qu'on boira la tasse...)

Elle était là, la vieille, affalée dans le fauteuil de velours marronnasse au beau milieu du salon de parpaings, ravagée de fatigue, mais ayant tenu à rester éveillée : les distractions se faisaient si rares à son âge, de même que les occasions de nuire et de peser sur les affaires du monde — et l'on tenait là une grosse affaire. Sa bouche pendait un peu comme si le dentier, trop lourd, lui avait décroché la mâchoire.

« Espèce de saleté ! lança-t-elle comme je l'évitais. Tu me fais vomir.

— Vomis donc ! » murmurai-je.

Nush intervint : « Tante Édith, on va se reposer, dormir une heure ou deux... Vous devriez faire pareil. Rien de grave ne peut arriver. »

L'autre, alors, ses boucles platine en furie : « Comme il me parle ! Et toi, comme tu décides à ton aise de ce qui est grave ou pas ! Ton fils me débecte. Mais tu m'écœures aussi, ma pauvre fille. Les chiens ne font pas des chats. La mère s'est mariée enceinte, le fils se pratique sur le ventre. Tu as formé l'ordure que tu méritais. »

Voix de Nush s'éreintant : « Ordure toi-même !... Moi qui t'aimais ! Folle vieille putain, qui as couché avec tout ce que Rueil et sa région comptait de braquemarts. Folle vieille putain antisémite, qui donc t'a obligée à épouser un juif ? Est-ce notre faute ? Jusqu'où devra-t-on payer pour toi ta mésalliance ? »

Édith : « Je t'ai protégée, nourrie, élevée pendant trois ans ! C'est là tout mon remerciement ? »

Nush fut fauchée d'un coup. Sa tête fit un bruit mat sur le tapis du salon.

Je secouais ses épaules, je tirais sur ses bras, je pinçais les joues exsangues et grises. Rien n'y faisait. Elle lâchait, s'enfuyait, m'abandonnait. J'ai entrouvert ses lèvres comme j'avais vu faire à maintes reprises le play-boy, et, du plus doucement que je pouvais, j'ai glissé l'index pour retenir sa langue.

Tiré de son lit un dimanche matin, il était entré plutôt grognon, avec cet air supérieur et impatient qu'ils ont parfois, les toubibs, mais un rapide coup d'œil aux faciès difficiles de la maisonnée (Inès, Mimmo, la vieille et moi) lui avait fait ravaler ses prétentions. Je courais vers la cuisine chercher la poche de glaçons qu'il réclamait, lorsque la vieille, qui se trouvait sur mon passage, crut que je fonçais sur elle pour lui filer la raclée qu'elle savait mériter. Elle se blottit contre Mimmo et se mit à couiner d'une voix de nourrisson des plus gênantes.

« Elle reprend conscience », signala le médecin. Il s'approcha de la toile cirée où je signais son chèque : « Votre mère devrait être hospitalisée. Elle est à bout. » Je n'avais pas le courage de reprendre pour lui toute l'histoire. « Trouvez-lui un lit, au moins. » Il s'éclipsa à pas feutrés.

La chambre des époux Vitti n'avait pas foncièrement changé : les murs n'étaient toujours pas enduits, le sol de béton nu presque patiné par les semelles des mules s'était enrichi de deux carpettes en laine fleurie. Un jour de désespoir, Inès avait obtenu de Mimmo qu'il accroche des rideaux, des vrais, des doubles, en satinette prune et tergal bleuâtre avec des embrasses dorées et des tringles en laiton, puis, tant que Mimmo y était — perceuse en main et d'humeur conciliante —, elle le pria de fixer face au lit un tableau ancien (disait-elle), une soie peinte et encadrée sous verre qui n'avait d'ancien que le motif représentant une scène de balançoire, un flirt bucolique, elle (la fausse bergère) au premier plan fusant dans les airs, le souffle de l'élan soulevant le bas de sa robe et dévoilant ses jambes à mi-mollet, lui (le faux petit lord qui pousse la bergère au cul) saisi en contre-plongée sous les jupons vaporeux de la fille, la bouche en cœur souriant en une sorte d'obscène innocence ou d'épaisse idiotie, puis, une fois lancée dans les cadres, une fois Mimmo bien échauffé à la chignole et au marteau, Inès lui ordonna d'accrocher des photos sous verre de leur progéniture, puis des multicadres, des mosaïques où figurait (grosse figuration digne d'un péplum) la famille au sens très élargi que lui donnait la cousine Inès. Dans un coin de mur entre lit et cabinet de toilette, je découvris une étrange photo de Nush et du play-boy à l'époque de ma naissance, où elle (ma mère) était fort peu à son avantage, où lui (mon père) portait un étrange et gros chandail à fermeture éclair dans le style ouvrier qui n'était pas vraiment le sien, et d'où j'étais bien sûr absent : j'ai toujours su que la cousine ne m'aimait pas, que son aversion était physique, instinctive et animale : elle ne pouvait me sentir.

. . . .

C'était la fin d'un monde comme il en meurt tous les jours.

Inès nous regardait en silence, Nush gisant si pâle sur le couvre-lit prune, et moi agenouillé à son chevet dans une attitude équivoque qui aurait pu faire croire que je priais : n'étions-nous pas le démon, un dragon à deux têtes venu détruire sa famille, gâcher la noce qui n'était déjà pas à la hauteur de ses désirs et qui sait? pourrir non seulement cette journée mais toutes celles qui allaient suivre, sortilège tombé sur les mariés et leur descendance pour les générations des générations.

« Tu es content de toi? Réponds, aie au moins ce courage!

— Que veux-tu qu'il réponde, cousine? » marmonna Nush dans son demi-sommeil, la voix pâteuse, les yeux à peine entrouverts réduits à deux virgules fiévreuses.

« Aime-le, dit Inès. Accepte tout, et tu seras encore une fois héroïque. Mais ne mêle plus ma famille à ça. On a eu notre lot, ici, on a assez de misère et de tourment pour demain, sans qu'on vienne nous foutre la révolution dans nos vies. »

Elle se leva, nous prit nos bols de café, les mit dans l'évier. Elle allait quitter sa cuisine lorsqu'elle revint sur ses pas, sortit le bidon d'eau de Javel de sous la margelle et vida équitablement le litre de désinfectant dans nos deux bols.

Les yeux noirs de mon Nushi se mirent à tanguer, soudain liquides.

Oui, tout resurgissait alors : les reproches d'arrogance, les genoux du maire, la photo jaunie du journal et le sein mutilé, cette vieille jalousie rancie et absurde selon laquelle Nush aurait appartenu à la branche enchantée, ceux qui vivaient à Paris (même si c'était la banlieue, vu des champs et de la triste et humide bourgade de Rueil, c'était toujours Paris à portée de jambe, quelques encablures, quelques foulées, quelques tours de roue, c'étaient les bus qui vous déposaient sur les Grands Boulevards ou devant les grilles du Luxembourg, c'était voir depuis les fenêtres d'un huitième étage, les jours de ciel dégagé, le Sacré Cœur, les tours Eiffel et Montparnasse), ceux qui avaient la chance de n'être pas laids (et c'est vrai, Inès sur ce point avait raison : car elle était, avait toujours été la plus disgracieuse de la famille, non seulement comparée à sa cousine mais aussi en regard de ses propres frères, les jumeaux dont on a dit, sinon la beauté, du moins la délicatesse lascive et orientale venue du vieux chanteur des rues, ces yeux verts hérités bien avant lui d'on ne sait quel merveilleux aïeul pourvoyeur à foison du gène de l'iris émeraude, cette pauvre Inès ayant manqué jusqu'à ce trait rarissime et quasi obligé chez eux, se voyant dotée de deux petits cacas d'oie verdâtres en guise de quinquets, de sorte que si une branche se distinguait dans l'arbre familial, c'était elle, formant à elle seule une branche sinon pourrie du moins mal partie et, sans aller jusqu'à supposer une coucherie peu inspirée de sa mère qui eût trompé le souffleur avec le quasimodo local, on pouvait se demander quelle misérable et infinitésimale séquence génétique elle avait en commun avec tous ses consanguins), ceux enfin (les cousins de Paris) qui faisaient des mariages riches, c'est-à-dire hors du monde des ouvriers agricoles ou artisans.

« Tu te sens capable de faire de la route ? Je t'emmène à la mer.

— Quoi ? La mer ? Maintenant ? Il faut aller payer l'hôtel.

— C'est fait.

— Il faut t'acheter des chaussures. Tu ne peux pas rester pieds nus.

— Occupe-toi donc de prendre tes médocs et ton sirop. Mais viens par ici, d'abord, que je te fasse ta toilette. Tu as un kilo de confettis dans les cheveux et des paillettes partout dans le cou. Là. Voilà. L'autre oreille maintenant. Il n'y aura plus d'insultes, jamais. C'est fini. Les ordures qui parlent, leurs gosiers à ordures seront vidangés.

— On va où ?

— Où il fait beau, où l'eau est bleue, où on grille des sardines et où on se baigne tout nu.

— Je t'avais dit de prendre un maillot. Pourquoi j'use ma salive avec toi, je me le demanderai toujours. »

Et nous sommes repartis sans un adieu à personne, j'ai raccroché le sandow entre portière et frein à main, on a repris l'autoroute en faisant cap au Sud. À un péage quelque part en Bourgogne, Nush a écarquillé les yeux : « Ah ? On est là ? » Puis, au moment de ressombrer : « Opium ! On a oublié Opium ! Qui va la nourrir, changer son eau, sa litière ? » Ne pas s'inquiéter pour Opium, cela signifiait rassurer Nush. « J'ai laissé la fenêtre ouverte sur la corniche. Je ne m'en fais pas, elle trouvera bien un pigeon à choper. Elle est très bonne au pigeon. Et elle boira l'eau des W-C, comme d'habitude. » Elle feignait d'hésiter : « S'il n'y a pas d'autre solution... », mais l'œil noir pétillait de malice.

« Je sais ce que tu vas dire, Nush. C'est non.

— Tu pourrais l'appeler d'une station-service, le lui demander comme un dernier...

— Service ? Je ne crois pas. Je n'ai pas ce cynisme.

— Tu vas le quitter ? Juste pour cette histoire avec le môme ? Tu ne devais pas beaucoup l'aimer, alors. »

Elle se tourna de trois quarts, les bras croisés sur sa poitrine, le front calé entre la vitre et le repose-tête, et se rendormit dans la minute.

(... « M'aimer ? raillait-il. Tu veux rire ! Tu me pisserais même pas dessus si je prenais feu. » L'expression m'avait beaucoup choqué, si violente et si laide, si peu attendue dans la bouche d'Amer. Il en va de cette image comme des calembours : je me sens obligé d'écrire ce qui me heurte, me répugne et m'impressionne, des mots choquants que je ne prononcerais pas et qu'il me faut pourtant faire dire à d'autres.)

Vingt heures plus tard, longeant les cannes et les roseaux du littoral de Ramatuelle, mon Nushi marchait dans l'eau, ses talons aiguilles à la main et riait un peu comme une folle, il faut bien l'avouer. Sa robe retroussée à mi-cuisses, son long collier mille-chaînes scintillait sous les feux conjugués du soleil dans le ciel et du soleil réfléchi par l'eau, auréole à peine réelle.

C'est la dernière photo, la toute dernière, offerte par un garçon serveur de la paillote où l'on avait déjeuné. Juste un polaroïd qui s'effacera très vite, si je ne le fais pas reproduire sur un négatif photo.

... Ceci, encore, ce geste répété tout au long du déjeuner : elle ébauchait une phrase, tâtonnait sur chaque syllabe avant de se taire, repoussant d'une main agacée les mots qui calaient devant l'immensité de sa découverte. C'est bien la mer à boire, la mort à dire.

La vaillante 2 CV nous lâcha bêtement au beau milieu de la Provence. Le garagiste dit : « Je peux vous emmener à la gare. Ce sera trois cents francs. » Nush le regarda de ses grands yeux cernés : « Sans blague ? » Je me livrai à un étrange jeu mental ; j'essayais de la regarder avec les yeux d'un garagiste escroc, ventripotent et sans avenir. Je vis alors une femme de quarante ans qui ne jouait pas le jeu, ne teignait pas ses longues mèches blanches, ne les coiffait pas plus, mais portait des talons hauts ; elle avait le corps mince, la taille fine et s'habillait d'un noir de veuve aussi transparent qu'un déshabillé de danseuse. Au bout d'une main, elle tenait une stupide mallette noire — le vanity-case auquel le garagiste prêtait à l'évidence des contenus interdits.

Nush m'entraîna à part : « Je veux pas aller à la gare, pas prendre le train. J'ai jamais fait de stop. Je voudrais faire du stop. Tu crois qu'on peut ? »

Moi : « Je suis pas fou de cette idée, maman. C'est pas très sûr. Parfois, il arrive des trucs moches. »

Elle, ses grands yeux angoissés : « Moche comme quoi ? Qu'est-ce qu'on t'a fait ? On t'a fait du mal ? »

Moi : « On m'a rien fait, rien, je te jure. C'est seulement des choses qu'on m'a rapportées. »

Ce fut très simple. Nush tendit le pouce, toute

tremblante de trac et riant crânement. Un homme s'arrêta, la mine fatiguée, un homme seul et pas bavard qui me proposa un marché très simple : « Ma voiture vous mène jusqu'à Paris et je paie l'essence ; en échange, vous conduirez. » Ce que je fis. C'était une vraie voiture, avec des essuie-glaces qui marchaient à l'avant et à l'arrière, avec le chauffage, la radio, avec de vraies ceintures de sécurité. Nush s'allongea à l'arrière et s'endormit presque aussitôt.

L'inconnu me parla de ses affaires, de son angoisse de destinée (il consultait son psychologue d'entreprise), de la certitude plus cruelle d'avoir raté sa vie en même temps que l'amour de sa vie. Mes mains broyaient le volant, mes phalanges devenaient douloureuses. J'entendis un bruit sourd dans la voiture, comme un grippage du moteur ou des roues.

« C'est pas le moteur, dit notre convoyeur. C'est juste votre mère qui ronflote. »

J'ai souri.

« Qu'est-ce qui lui arrive, à votre maman ? Elle est bien..., mais bizarre aussi. »

Je m'entendis répondre : « Elle est en train de mourir. »

Lorsqu'il nous déposa devant chez Nush, dans cette résidence chic d'une banlieue-cimetière, l'homme me tendit la main puis, se ravisant, me prit dans ses bras, mais pas comme faisait le Pb, non : il me fit l'accolade, quelque chose que je n'avais jamais vu que dans les films, cette façon qu'ont les hommes de s'étreindre sans y mettre les lèvres, en se heurtant les épaules puis les tempes dans une sorte de distance qui est la marque, dit-on, du respect mutuel. Nush était si lasse, sa silhouette vacillait, déjà fantôme, dans l'allée mal éclairée qui menait à son appartement. Je l'ai couchée aussitôt, tout habillée. Je lui ai donné deux cuillerées de la potion miracle (« morphine + cocaïne », avait braillé devant tous les clients ce pharmacien qui lui préparait la décoction dans des bouteilles d'un litre).

< Pas souffrir   Juste pas souffrir   Pas plus que de raison   Pas partir dans la terreur   Dans l'erreur   Pouvoir se souvenir des jolies choses, ou même des choses pas jolies mais qui comptaient   Sans qu'un mandrin te vrille la chair, les os, le cœur et le cerveau   Pas comme ça, non, ou alors qu'on m'explique le sens ? Quel serait le sens ? Quel sens aurait jamais été ?   Ton corps devenu l'ennemi   Née de la souffrance, tu enfanteras dans la souffrance   Et l'autre toi, celui qu'on t'a sorti de toi, celui-là prendra le relais   Vois   Déjà   Il souffre il se cache   Mais tu n'y peux rien, c'est son tour à présent, son heure venue   C'est mon heure c'est mon tour et ne prends pas peur   N'aie crainte pour l'ultime orbite, j'ai soudoyé tout ce que la ville comptait d'officines corruptibles   tu auras tant et plus du beau sirop des rêves   la satiété, enfin >

Épilogue à la chute des corps

L'autre nuit, Amer avait beaucoup grossi. Nous étions au bord d'une piscine et son ventre débordant du maillot me faisait de la peine. Les serveuses en bikini nous abreuvaient de cocktails écœurants. Dans le soutien-gorge des filles, Amer glissait des billets < des coupures > puis il se penchait vers mon transat, entamait avec moi le type de dialogue que deux hommes tiennent dans les pornos mass-hétéro. Dans l'échancrure de mon slip de bain, il enfouissait une liasse de billets de Monopoly puis, dans ma bouche, il glissait un entonnoir

< des diamants   des tout petits diamants par poignées, par kilos   le tube force ma gorge   les diamants font mal   ils lacèrent l'œsophage   ils me déchirent par le milieu mais quand ils sont dans l'estomac ils brillent   je vais mourir   je brille >

on me faisait un lavage d'estomac, on me rendait les diamants bien mérités et je n'avais plus à m'en faire pour le restant de mes jours.

Richissime, Amer avait acheté une île au large de Cannes. Oisif, il consacrait son temps à étaler son absence de goût et à collectionner les produits de pillages archéologiques, des statues de marbre et des amphores grecques, romaines ou phéniciennes. Il avait à sa botte une armada de plongeurs et de robots sous-marins qui toute l'année draguaient pour lui les fonds de la Méditerranée. Dans sa collection, une seule pièce était factice, faite d'un agglomérat blanc veiné de rose : un buste sur lequel Amer avait fait reproduire mon visage par un moulage en 3D d'après photo. Après le départ du sculpteur, il m'avait cassé le nez d'un coup de massette, pour me donner un air de pièce antique.

J'ai revu un matin l'aîné des Vitti à Denfert-Rochereau, rue Daguerre, devant l'imprimerie du journal où je travaillais. C'était cinq ans après la mort de Nush. Il débita quelques paroles de compassion, mais le cœur n'y était pas ou disons : était occupé ailleurs, à d'autres sentiments. Je lisais dans son regard que j'étais une gêne, une compagnie dangereuse. Quant à moi, j'avais tout oublié, les noms, le nombre de ses enfants, et, s'il avait divorcé de la petite nitouche aux taches de rousseur, le nombre de ses épouses. Hippolyte ?

Cerné comme je l'étais, j'ai eu peur de demander. Tous ceux que j'avais aimés mouraient. Il me semblait qu'en retenant le nom de l'amant sur mes lèvres et son souvenir en mon corps, j'empêcherais qu'il meure, qu'il soit mort. Comme les enfants, les joueurs et les grands angoissés, j'avais souvent recours, en cette époque-là, à la pensée magique. J'ai rusé avec le sort, usé d'un détour par Roxane. Roxane venait d'avoir son quatrième enfant avec un quatrième compagnon, et j'ai été séduit par ce bel entêtement à changer de géniteur à chaque enfant. Je me souviens d'avoir clamé : « Ça, ça a de la gueule ! » Franck Vitti a décampé aussi sec, sans doute parce que mes paroles impliquaient que sa vie à lui — pour ce qu'il m'en avait dit alors et que j'ai oublié — manquait singulièrement d'allure. Quelle postérité Roxane avait-elle laissée aux yeux verts ? Je n'eus pas le temps de demander.

Un jour, pourtant, au début des années quatre-vingt-dix, Hippo réapparut. En six mois, trois films sortaient sur les écrans avec son nom en ouverture de générique, et son visage à peine mûri illumina les murs des villes et les pages de journaux. Sa voix, surprise à la radio, me donna le frisson : elle s'était voilée, et, ondoyante, lovée dans les graves, griffait doucement l'oreille avec des manières de chat câlin. Sans doute avait-il pris l'habitude des Pall Mall de sa mère avant d'embrasser le même métier qu'elle — de la venger avec beaucoup d'éclat.

Une nuit, il n'y a pas si longtemps, que j'étais encore à traîner dans les bars mon ennui du monde, j'atterris dans une boîte à baise où je n'avais pas vraiment mes habitudes, trop myope —, pas vraiment nyctalope —, trop lope sentimentale pour ces lieux-là. J'étais perché sur un tabouret, seul à ce long comptoir (le centre d'attraction de la boîte était son sous-sol, plutôt, grouillant, ténébreux et gluant sous les semelles), passant avec mon reflet dans le miroir un improbable examen d'après minuit. Sur la droite, suspendu dans un angle du bar, un écran neigeux nous reliait à la rue, au trottoir plus exactement, par une caméra de surveillance fixée au-dessus de la porte aveugle. Depuis sa caisse, grâce à un bouton interrupteur, le barman faisait aussi le portier. Même distordu par l'image en plongée, même avec ses cheveux fauchés par une tondeuse criminelle, je n'eus pas de mal à reconnaître son visage en gros plan sur l'écran de contrôle. Il entra sans dire bonjour ni regarder le serveur, sans ralentir au comptoir, fila dans l'escalier vers les boxes du sous-sol. Je n'avais pas eu à bouger de mon tabouret ni même à me retourner : par le jeu des miroirs qui tapissaient les murs, je pouvais suivre des yeux son passage furtif, sa dégringolade dans l'escalier. À en juger d'après l'indifférence du barman —, tout juste esquissa-t-il un sourire désabusé en voyant apparaître à l'écran le célèbre visage, puis, lui ayant ouvert, il avait aussitôt replongé le nez dans son magazine de petites annonces immobilières —, Hippo était un habitué.

Sous terre, il ne faut pas faire le fier. Il faut accepter qu'une main sans bras ni tête te tripote la queue, comme il faut accepter de malaxer une braguette sans visage. Mais dans le labyrinthe obscur, ce soir-là, ça s'émeut et ça s'affole. Ça joue des coudes et des genoux, ça se fout des coups, ça râle et cherche la castagne, tout ça pour toucher, posséder le corps de l'idole, on sait que quelques-uns pourraient tuer tout simplement, égorger le rival trop pressant dans la meute, comme d'autres, agiles et légers tels des singes sapajous, pourraient escalader le magma de culs et d'épaules pour arriver plus vite à la bouche révérée, au pénis fantôme.

On craint une curée épouvantable que la taille de l'idole, surplombant d'une tête ou deux la meute affamée, rendrait plus violente encore, plus tragique — plus cinégénique, justement. Soudain j'ai eu peur, j'ai cette vision elle-même hollywoodienne d'un lynchage, d'un acteur assassiné sur les docks de L.A. par des casseurs de pédés, d'un cinéaste poignardé sur une plage d'Ostia par des prostitués, etc. — toutes visions délirantes puisque l'objet de mes craintes, indolent, se laisse faire, déshabiller, caresser et sucer, avec une sorte de dédain proche de la haine, repoussant durement la moindre bouche qui approcherait son visage et chercherait la sienne, comme si la salive d'un baiser pouvait adultérer cette figure tandis que les dizaines de salives et de succions appliquées à son corps ne seraient d'aucune souillure.

Je ne sais comment il me débusqua dans ce recoin noir où je me tenais, à plusieurs mètres de l'attroupement. Sans doute est-il doté, lui, d'une vue de lynx, tour à tour la proie et le chasseur. À peine nos regards se rencontrèrent, il remonta d'un coup sec ses jeans, rabaissa son tee-shirt, puis, brutalement, se dégagea de ses adorateurs. Le box n'avait qu'un accès, et donc une seule issue, près de laquelle j'étais planté. Pour s'échapper, il devait passer devant moi, et dans l'exiguïté du passage, nos corps se frôleraient à coup sûr. Je m'enfuis le premier, prenant à la hâte un boyau obscur, me perdant dans le labyrinthe, saisi de panique à l'idée de me retrouver face à lui au détour d'un couloir, priant qu'il fût vraiment un habitué et connût, lui, son chemin vers l'escalier et le salut du dehors.

Enfin, je remontai l'escalier, le cœur battant et

comme décroché, tombé dans l'estomac. Je tendis un billet au barman qui me sourit : « Il est parti, dit-il avec nonchalance. Il y a bien une minute. » J'ai bredouillé merci, « merci et à bientôt ». Le serveur a secoué la tête, ses dents grinçaient : « Bientôt ? ça m'étonnerait ! » Puis il s'est fendu d'un rire sinistre.

C'est seulement après, dans le taxi, puis dans les heures obsédantes où je cherchais le sommeil, que je pus me poser la question : d'où ce barman tenait-il que nous nous connaissions, Hippo et moi ? De quelle clairvoyance un peu sorcière était-il doué ? Ou bien mon visage était-il si lisible, mes émotions trahies en une fraction de seconde, d'un unique coup d'œil, d'un seul reflet dans le miroir ?

... Ils avaient éteint les gyrophares et crapahutaient dans les herbes sèches. Hippo le premier perçut leurs pas. Il se mit à frémir et, gamin apeuré, se colla plus fort contre moi. « Messieurs », dit une voix banale. Puis une autre voix, aigrelette, agressive : « Vos papiers ! Couvrez-vous ! » La première voix : « Messieurs, vous vous rendez passibles de... » Seconde voix : « Laisse tomber. Puisqu'ils ont pas de papiers, passons les menottes. »

< son torse contre le mien encore encore laissez-le-moi encore l'Outrage l'Inconduite cha-

cune de ses côtes je peux compter sous mes doigts je les numérotais je me disais Tiens c'est bien Numérotons nos abattis Ce sera déjà ça de fait le jour où à l'heure dite quand il s'agira de décliner nos matricules Je l'aimais si vous saviez comme je >

Menotté et sans trop y croire, les yeux dérobés par son casque de boucles noires, Hippo murmurait : « Est-ce qu'on se reverra ? — Oui », ai-je répondu, en pensant *non, plus jamais.*

Mais la vie l'a fait, elle a effacé mon mensonge.

Si j'ai eu beaucoup de mal à trouver un projecteur capable de lire le vieil enregistrement en super-8, si je me suis énervé ensuite à le faire démarrer et à débloquer la pellicule qui vrillait tous les deux tours, j'ai éprouvé encore plus de peine à céder la robe bleue.

Elle dormait sous son film plastique, le ticket jaune du pressing fixé à l'ourlet. En cédant, l'agrafe du ticket laissa dans le tissu une écharde de rouille. Pas aussi riche qu'en mon souvenir, le bleu du crêpe avait passé, comme était terni le plastron de pierreries, si lourd et criant : car si une pierre est éternelle, le synthétique vieillit mal et ne dure pas plus que les autres similis, pas plus que les gens eux-mêmes qui les portent.

J'ai confié la robe fanée aux bras émus d'une femme de ménage.

J'ai eu le sentiment qu'elle ne la mettrait jamais, non pas que jamais une occasion ne se présenterait à elle de la porter, mais qu'elle avait compris, à la façon sans doute dont je m'en débarrassais sur ses bras tendus, que cette robe-là ne se portait plus.

Elle l'a prise tout aussi bien. Du balcon où j'étais posté, je la voyais s'éloigner sur le trottoir, je voyais son dos étroit, sa nuque trop rase, cette femme qui aurait pu s'appeler Inès, qui s'appelait Carmen, les bras toujours tendus devant elle comme elle eût porté le saint suaire aux marches du Trône ou la robe d'une actrice disparue payée des milliers de dollars aux enchères londoniennes. Sa silhouette prenait curieusement forme de croix.

Pas de sainteté là-dedans, pas de fortune en dollars ni en livres, ni en euros ni même en rêve.

Pas de cinéma, pas de christ.

Ni le missel ni la romance — juste la gloire de tout le monde ici-bas.

Juste vouloir, une dernière fois peut-être, faire l'avion.

In memoriam
Irieix Choully de Permangles
Ivane Daoudi
Élisabeth Duché
Françoise Langlès
Philippe Moreau
Jean Stoloff

DU MÊME AUTEUR

Au Mercure de France

MAMAN EST MORTE, *récit*, Michel de Maule, 1990, Mercure de France, 1994

LES DERNIERS SERONT LES PREMIERS, *nouvelles*, 1991

MADAME X, *roman*, 1992

LES JARDINS PUBLICS, *roman*, 1994

LES MAÎTRES DU MONDE, *roman*, 1996, (Folio nº 3092)

MACHINES À SOUS, *roman*, 1998, (Folio nº 3406)

SOLEIL NOIR, *roman*, 2000, (Folio nº 3763)

L'AMANT RUSSE, *roman*, 2002

GRANDIR, *roman*, 2005, (Folio nº 4251)

CHAMPSECRET, *roman*, 2005

Chez d'autres éditeurs

HABIBI, *roman*, Michel de Maule, 1987

TRISTAN CORBIÈRE, *hommage*, Éditions du Rocher, coll. « Une bibliothèque d'écrivains », 1999

À PROPOS DE L'*AMANT RUSSE*, *notes sur l'autobiographie*, Nouvelle Revue Française, Gallimard, janvier 2002

LE JOUR DES FLEURS, *théâtre*, *in* « Mère et fils », Actes Sud-Papiers, 2004

Composition CMB Graphic
Impression Maury
à Malesherbes, le 30 juillet 2005
Dépôt légal : juillet 2005.
Numéro d'imprimeur : 05/07/115670.
ISBN 2-07-031120-1./Imprimé en France

137652